插画作者：徐辰衣

这六个“终止”的故事都发生在北海道

天津出版传媒集团
天津人民出版社

终止

〔日〕樱木紫乃 著　黄悦生 译

目录

雪虫

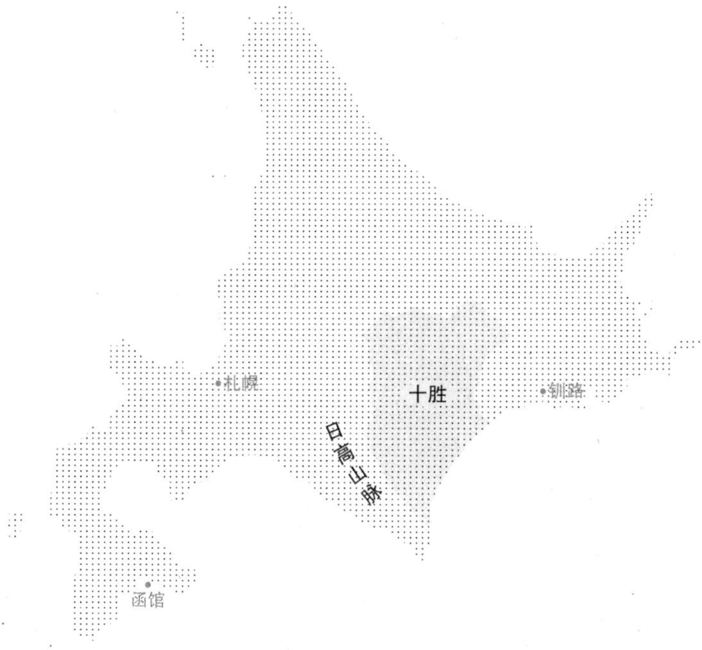

天空一片晴朗。今年最后一茬牧草已经收割完，村子里也变得冷清下来。十月，秋风掠过，给收割完牧草的十胜平原带来鲜艳的色彩。

牛棚二楼堆得满满的青贮饲料正在发酵，散发出一阵青草味儿。这牛棚顺着丘陵的倾斜地势而建，从正面看有二层楼，从背面看却是平房。二楼的门板被拆掉了，柔和的阳光能照进来，而且很通风。

达郎躺在一块铺席大小的空位上，仰望着堆得高高的打成块状的牧草。他身旁搁着红褐色的工作服。对面，是下半身裸露着的四季子。达郎心不在焉地看着她的腰。她背对着他，忙着清理完事后的现场。

缠绵过后，空气里弥漫着呛人的青草和汗的混合气味。四季子感觉到达郎的目光，便回过头来。她的脸上没有化妆。

“怎么啦？”

“没事。”

干农活不需要化妆。但她看起来依然妩媚，大概是因为达郎见过她精心打扮的样子。达郎和四季子都是在当地高中毕业后就离开了村子，去札幌[1]工作，并且一直维持着从高中时期就开始的关系。

两人二十四岁的那年春天，四季子刚高中毕业的弟弟发生车祸，年纪轻轻就死了——深夜飙车时转弯不及，个人的全责事故。

“我要回乡下去了。”

在昏暗的床上，四季子背对着他说。

当时，整个社会都沉浸于一派繁荣景象之中。刚进房地产公司的达郎也不由自主地飘飘然起来。即便是相处多年的女人提出分手，他也随口就答应了。他心想：能取代四季子的人可多的是。

“没办法，谁让我是养女呢。”

关于四季子是养女这事，村里人都知道，虽然没人当面说。

---

1 札幌：北海道的中心城市。

四季子把纸巾揉成一团，塞进工作服的口袋里。她用手指弹了一下达郎的大腿。

“别老是露出那玩意儿，赶紧收起来吧。”

“那玩意儿……还真是失礼了。”

离开札幌时的郁闷心情早已经消散了。达郎爬起身来，一边小声嘀咕着，一边开始整理衣服。四季子看了看太阳的方位，说：“我得回牛棚去了。”农村里用不着手表，根据季节和太阳的倾斜度就能安排农活。

四季子回村刚过两年，达郎也回到了乡下。由于泡沫经济崩溃，他的公司才成立一年就亏得一名不文。好在他没用父亲伸二的名义为公司担保，也算是不幸中的万幸。看到生病住院的达郎，父亲说道：

“算啦，别干了。”

经营状况好的时候，达郎觉得村里的一切都可以抛弃，甚至包括父母。而他回村里后，却要依靠父母养活。一晃十年过去，达郎已经三十六岁了。

受到农产品贸易自由化和疯牛病的影响，养牛农户们的经营状况越来越窘迫。不过，只要达郎和父母一家三口不大手大脚，勉强糊口还是可以的。在这个多达三分之一农户弃农离村的时代，这已经算相当幸运的了。达郎申请自愿破产后的一段时期，曾经屡次遭受债权人骚扰并为此大伤脑筋。而最近几年，他们也没有再来找麻烦了。

达郎回村的两年前，四季子生下了一个男孩。听说，她丈夫比她大两岁，从京都来村里农业实习时被招为了上门女婿。

“四季子已经是别人家的媳妇了哟！”

达郎刚回村里，母亲就有意无意地提醒他。达郎和四季子的关系，从高中起就是村里茶余饭后的话题之一——乡下人唯一的娱乐，就是议论别人的八卦是非。他俩正因为厌恶这一点，所以当初才逃离此地。达郎破产后回乡时，心中无比凄惶。而现在借着和已嫁为人妇的四季子的相互温存，他渐渐平复了下来。

“幸亏生的是男孩。”

四季子对达郎说道。这样，只生一个就完事了。生个男孩接替已死的弟弟，以此报答养父母的养育之恩——这是自己被赋予的唯一任务。当初听到四季子的这番话时，达郎只是付之一笑。然而，一晃十年过去了，如今他再也无法一笑了之。像他这样一直不娶媳妇的话，牧场早晚要落入别人手中。对于年迈的父母来说，继承人问题是个无论白天黑夜都时刻惦记着的心结。

久违的四季子的身体越发成熟了。达郎看着她那坦荡的表情，心中不由感到踏实，但同时又为她的淡漠而有些害怕。对她来说，按父母的安排结婚，并如父母所愿地生下男孩，似乎就只像换个工作一样轻松。

“没办法，谁让我是养女呢。”

四季子若无其事地从后门出去了。她从衣袋里取出袖套戴上，穿过两块防风林，走回家去。开车的话不用一分钟就到了，走路大概需要七八分钟。达郎也沿着细长的梯子爬下牛棚一楼。趁着父母午休而跑出来幽会的短暂时间就这样结束了。

达郎家距离牛棚五十米远。他回到家时，看见门口停着一辆白色轿车。这车看起来有点儿陌生。他走上前，向车内窥视——后排座位上乱扔着地图和信封。好像不是兽医的车。

他脱掉沾满干草的长靴，走进厅里。里面来了客人。客人坐在父亲伸二对面，大概五十岁左右，浅黑色的脸上戴着一副蓝色墨镜。达郎立刻感觉到：自己以前炒房时，就曾经见过这种人。

客人轻轻地点头行礼，然后转向伸二，恭恭敬敬地问道：

“这位是您儿子吗？”

伸二背对着达郎，点了点头。厨房里，母亲和子背对着客人，手上不知在忙着什么。她似乎不太欢迎这位客人。

伸二从矮饭桌下取出一个褐色信封，递给那人。那人接过后，打开信封确认了一下。从他的动作不难看出来，信封里装的是钱。从厚度来看，有一百万日元。泡沫经济时期另当别论，但如今，农家养牛是绝对卖不出这么高价钱的。那人默默地微笑着，看了达郎一眼。

“那我就告辞了。”他站起身来，脸上露出了狡黠的笑容。经过达郎面前时，他那锐利的目光透过墨镜扫视过来。达郎根本就没想跟他打招呼。

送走客人后，伸二回到厅里。在厨房里的和子也转过身来，似乎有话想说。达郎忘记了体内残留的疲惫，来回打量着父母。

“我不赞成这么做。”

和子先开口了。伸二别过脸去，回了一句：

“那也没办法呀。”

“应该跟我和达郎好好商量一下嘛。”

和子的声音像金属一般具有穿透力。达郎突然听到自己名字，不由感到几分惊慌。

“跟我有关系？”

“你爸说要给你买个媳妇回来。刚才那个人就是拐卖女人的人贩子，卑鄙无耻得很。”

“怎么没人跟我提过这事？”

“不就是在农协定期体检时查出两三颗息肉嘛，就这么紧张。反正，什么鬼媳妇，我是绝对不认的！”

和子激动不已地嚷着。这些情况，达郎全都是头一次听说。

“闭嘴！”

伸二低声怒吼道。

其他事情也就算罢了，但现在是给自己找媳妇，所以达郎也不能再装聋作哑了。他从没想过他们会瞒着自己偷偷办这事。

“爸，虽然我没资格说三道四的，但至少你也得先跟我说明一下呀。”

“再过一阵子，咱家媳妇就要上门来了。我一抱上孙子，就可以退休了。”

“是我的媳妇？”

“当然。”

“为什么决定得这么仓促呢？”

“如果我不在的话，光靠你娘儿俩能看住这些牛和地？抱上孙子，我死也就瞑目了。”

“你说什么？那钱是定金吗？到底要花多少钱？”达郎怒吼道。

“这你别管。”伸二不肯回答。

这时，和子从旁插嘴道：

“说是要三百万日元呢。”

“三百万日元，买哪里的女人？”

“说是菲律宾的。”

就这么呆站下去，显然也只能是在原地兜圈子而已。谁都不肯让步。简直让人晕头转向。对于达郎来说，最吃惊的并不是他们瞒着自己找媳妇，而是父亲竟然如此担心健康问题。这么着急要找儿媳妇、抱孙子，大概是因为年纪关系吧——父母都已经六十五岁了，这几年来头发也白了一半。

定金已经付了。事到如今，就算推掉这事，钱也拿不回来了。在令人压抑的沉默中，达郎感到无地自容。自己曾经离开这片土地，然后在走投无路时被父亲带回家来。面对渐渐老去的父母，他说不出“别指望我啦”这样的话。现在每天都在村里悠闲地混日子，然而终有一天，自己也会变老的。

即便如此，达郎还是觉得不可思议——看准农家娶媳妇难而做这样的营生，他原来一直以为这种事情只存在于电视和电影里头，想不到竟然存在于现实中。他回想起刚才那个人的锐利眼光。看来，只要肯给钱的话，娶媳妇、抱孙子什么的，全都不在话下。

照这样下去，无论再等多少年，也不会有哪个古怪的女人愿意嫁到家里来。达郎每天像行尸走肉一样地混日子，对生活逆来顺受。愿意嫁给他的女人，要不就是看错人，要不就是看破红尘了。而且，父亲一旦发现他和四季子又黏在一起的话，肯定会越发感到不安吧。

“我无所谓，哪里的女人都行。给你们生个孙子就是了。”

达郎心想：答应就答应呗，反正每天也不会有很大的变化。话说出口了，心情也就平静下来。当然，他说出这句话，并不是出于孝心，而是一种顺水推舟似的狡猾。

和子放声大哭起来。

太阳渐渐西沉，照在走向牛棚的达郎的后背上。以前要挤牛奶的时候还挺费力气的，不过现在改为专门养牛之后，工作变得轻松了很多。父亲养的十胜牛也曾在比赛中取得过好成绩。既然过上了安稳日子，自然也就想给儿子娶媳妇、抱孙子——父母的想法无可厚非。

看见母亲哭泣、父亲沉默时，达郎却觉得这些似乎跟自己没什么关系。忽然，他想起了四季子——当她面临着要和周围人给她安排的男人结婚生子的命运时，也是这样逆来顺受的吗？

想不到两人的境遇如此相似……

在天空和大地之间，像蚂蚁一样过着卑微琐屑的生活。日子久了，连心情都会被大自然逐渐压垮的。就和那收割下来的牧草一样——发酵，增加养分，最终变成堆肥。身心一起腐烂，化为土壤。那样也不错。对于达郎来说，活着已经不是出于自己的意志——从申请破产免责那天就已经失去自己的意志了。

风变冷了，吹得人皮肤干燥。四季子双手趴在堆得高高的青贮饲料上，达郎在她后面。当他让四季子配合自己一些的时候，四季子显得很不耐烦。和年纪相仿的女人相比，四季子要高出半个头，所以她经常穿男装工作服来掩盖修长的腿。达郎一直觉得，让四季子摆出这种姿势是最舒服的。

达郎的动作慢了下来。四季子一边喘气，一边说道：

“喂，你打算要养那个菲律宾女孩儿了吧？”

“跟‘养’有点区别吧。”

“那是要跟她结婚？”

“嗯，是这么说的。”

一想到四季子可能会吃醋，达郎不由感到大腿根部一阵酥痒……

汗水很快变冷，干掉了。随着天气渐冷，也不能每次都这样裸露着下半身来感受季节变化了。四季子背部起伏着，收拢了双腿。

“天气慢慢变冷了啊。下次改在车上吧。”

“没有下次了。”

四季子一边穿上内裤，一边断然说道。

听到这句意外的话时，达郎有些不知所措。

“‘没有下次’是什么意思？”

“我不会再来这里了。”

“不就是花钱买了个女人嘛，这也不能怪我呀。”

“你别自作多情。不是这个问题。”

“那到底是什么意思？”

达郎还从来没有想过要分手。他原以为，无论过多久，他和四季子之间的关系都永远不会结束，两人会以相同的速度发酵、腐烂、化为泥土……

四季子停顿了一下，瞪了达郎一眼，说道：

“那女孩被卖到国外来，连话都不会讲哟。如果你不保护她的话，还有谁能帮助她呢？”

“这是两码事呀。”

“没法当作两码事。”

“我还是我，什么都没变呀。我会处理好各种关系，不会冷落了你的。”

——当初，在四季子要离开札幌回村里时，如果自己对她说了这句话，不知道两个人的命运会有什么不同？想到这儿，达郎很快就打住了。

“达郎，我和那个女孩都不是牲口。”

说完，四季子向门外走去。达郎连忙抓住她的手。四季子猛地回过头来。两人互相对视着。

“你我年纪都不小了呀。”

四季子说道。达郎以为她哭了，但这只是他的一厢情愿。四季子笑了。

每次她像念咒语似的说出那句“没办法，谁让我是养女呢”时，脸上就挂着这样的无奈的微笑。牛棚里只剩下达郎孤零零的一个人。他跟跄着坐在一块滚到旁边的四方形青贮饲料上。

一星期过去了。就在达郎接连三次预感到“今天就会上门”而落空时，他又看见那辆白色轿车停在了家门口。

从牛棚窗口向外望去，一片泛黄的景色——说明冬天已经临近。眼下这季节，应该很快就能看见雪虫[1]飞舞了吧。日落也变早了。被远处日高山脉逐渐吸引的晚秋夕阳发出耀眼的光芒。

轿车里走出两个身影——一个是上次见过的那个人，另一个则瘦小得多。逆光看不太清楚，大概就是那个女人吧。伸二从屋里走出来，连连点头。那男人推着那瘦小的身影往前走。

今天，达郎喂牛特别认真，而且也比平时喂了更长时间。他不想让别人以为自己那么着急回家去。其实，在为即将到来的拖累感到焦躁不安的同时，达郎也有那么一点点的欣喜。他期待着也许时间能够改变一些东西。各种情感互相交织、纠结在一起，在他心里渐渐积聚起来。

1　雪虫：属于半翅目绵蚜亚科昆虫，常出现于晚秋时的日本北方。雪虫身体会分泌出白色蜡质物质，飞动时似雪片飞舞，而且预示着下雪季节将近，因此而得名。

达郎回到家门口，拍掉工作服上的灰尘。这时，那个男人从客厅走出来，说道：

“辛苦啦。每天都这么忙啊。”

他的语气并不恭敬，似乎隐含着“又不是你出的钱”的意思。达郎并没有搭理他。当那男人穿上皱巴巴的皮鞋时，他的夹克衫内袋露出了一个和上次一样的褐色信封。——应该是一手交余款，一手交人吧。伸二要送他出去，他一手拦住，然后慌里慌张地上了车。达郎看着车在尘土飞扬中远去，方才走进客厅里去。

那个瘦小的少女站在窗户前，乌黑茂密的头发在脑后扎在一起。跟想象中的截然不同——皮肤比想象中的更白。她把细长的眼睛睁得大大的，看着达郎。达郎心想，跟自己在札幌见过的那些菲律宾妓女大不一样。她这副模样，说是日本的初中生也不会有人怀疑吧。

秋天快过去了，而她还穿着廉价的短袖T恤和露出膝盖的牛仔裤。少女无聊地呆站着，达郎看着她那瘦小的身体，不禁感到失望。在达郎看来，她并没有一个成熟女人的体态。她用求助的眼光看着达郎，脆生生地说道：

“你，好。我，是，玛丽。”

声调偏得离谱。见达郎没有反应，她又从头说了一遍。达郎想说点儿什么，但却说不出话来。伸二和和子也呆呆地站在原地。达郎看了看母亲——她是因为听到“抱孙子”才勉强答应下这事的——此时，她整个人都无精打采，脸上的皱纹也变得更深了。已经准备好迎接媳妇的全家人都大失所望。

“说是才十八岁。”

伸二的手里攥着一本护照。达郎脑里浮现出那个男人的狡黠的笑容。事到如今，也只能把这少女留下了。达郎想说：“这还不如找个马贩子呢。”但还是咽了回去，改口说道：

“早知如此，一开始就买个孙子回来多省事呀。”

和子默默地走进厨房。她向来如此。每次碰上不顺心的事、令人恼火的事，她就一定会走进厨房里，然后背对着这边，把所有烦心事都冲进下水道。这是她在这片犹如牢笼般的土地上保护自己的方法之一。

伸二坐在那张几十年都没变换过位置的黑皮沙发上。沙发有几处弹簧露了出来，变得凹凸不平。但从来没有人指出来，也没有人提议要买张新沙发。伸二一脸茫然地看着那本护照。达郎看见了父亲手上出现的老人斑。玛丽觉察出大家的失望之情，便殷勤地向他们逐个点头鞠躬，说道：

“请，多，关，照。”

她对着达郎鞠了两次躬。

没过两天，大家就发现：原来玛丽只会用日语说几句问候语，而达郎说的话，她几乎一句也听不懂。达郎想吩咐她做点儿什么，比如让她打扫一下牛棚，但每次都以失败告终。于是，她就越发焦急，越发卖力，想得到别人的一句半句赞扬。结果，连等吃饲料的牛都被弄得紧张兮兮的。而达郎嘛，嘴里蹦出一个个初中学过的英语单词，但还是跟对方沟通不了，于是也变得焦躁起来。

如果她懂一点儿日语，懂得讨人欢喜，再懂得唱唱歌跳跳舞，那么她的命运也许会不一样吧。如果她再风骚一点儿，说不定还能自己挣钱，大摇大摆地回国去。白皮肤和细长眼睛虽然是日本人喜欢的类型，但在这里，却无助于她自食其力。

玛丽从上门那天起就住进达郎的房间里。达郎仍然像以前一样，睡在从高中时期使用至今的单人床上。玛丽则在床下空位处铺了张褥子。达郎只觉得麻烦，却感觉不到欲望的蠢动。

即便如此，玛丽还是整天都寸步不离地跟着达郎，一起乘坐拖拉机，一起去牛棚。达郎心想“反正沟通不了”，于是也就放弃了，整整一星期都几乎没对她说过话。玛丽感觉到被忽略了，就默默地走到牛棚角落，或是待在圈养牛犊子的栅栏里，等待达郎的心情好起来。

不经意间，达郎忽然看见玛丽正学着他平时的做法给小牛犊喂牛奶。看见这温馨的画面，达郎渐渐平静下来。他不知道该怎么形容此刻的心情。“哎，真麻烦。”这么一想，他连忙移开了视线。

四季子会不会冷不防地跑来这里呢？达郎心里仍然抱有这样的期待。只要看见玛丽，她就会明白的。一想到不能再和四季子见面，达郎就更加热切地怀念起她那温暖、润泽的身体。

“我和那个女孩都不是牲口……”

达郎耳边不断回响着这句话。想到四季子，他不由对这瘦小的菲律宾女孩子充满了厌恶。

忙完牛棚里的农活、回家吃晚饭，总是要到八点左右。当晚也一样。盘子里盛着满满的干烧菜和油炸食物。大家都厌倦地拨动着筷子，只有玛丽吃得很起劲。自从她来了之后，吃饭时间就变得更安静了，每个人都默默地吃着。玛丽也学着达郎的动作，笨拙地用筷子夹菜送进嘴里。她越是表现得快活，饭桌上的气氛就越是凝重。伸二和和子一直低着头，只是偶尔偷偷地看一眼那两人。

电视屏幕里正漠然地播报着新闻。这时，门外传来停车声。接着，门打开了——是四季子。

“不好意思，打搅了。”

四季子打了声招呼。和子放下筷子，看了一眼达郎，然后一边答应着，一边慢腾腾地站起身来。伸二仍然顾自吃饭。

“我妈让我把这个送过来。”

“哎哟，谢谢啦。已经到这季节啦。每年一收到这什锦酱菜，天就变冷啦。”

每到这个时节，村里的女人们都会互相交换自家拿手的腌咸菜。这是当地长期延续下来的习惯。收割完后，女人们就要为过冬做准备了。

“我家的腌咸萝卜，还要再压一压才能拿出来。寒冬前我会让达郎送过去的。你跟你妈先说一下吧。”

两人的对话似乎有些生分。忽然，和子提高了嗓门：

“噢，你还没见过呢吧。稍等一下。”

和子把玛丽叫到门口。达郎知道母亲为什么表现得这么冷淡，便停下了筷子。玛丽一溜烟似的走到门口。达郎也站起身，跟上前去。

“这位是我家媳妇玛丽。你们年轻人的事，我啥都不懂。四季子，你可要多教教她哟。”

“我，是，玛丽。请，多，关，照。”

她点头鞠躬时，扎在后面的头发甩了起来，从达郎的胳膊上拂过。

“不客气，请多关照。”

四季子若无其事地微笑着。达郎见状，一股难以名状的怒气油然而生。母亲的言行也同样让他感到恼火。

村子里，女人们之间的互相来往就像这样延续至今。只要生在这片土地上，无论今天、明天，甚至子孙后代也会互相联结在一起。达郎不由回想起来，自己当初正因为难以忍受这种人情纠葛，所以才决定逃离村子、前往札幌的。

他朝身穿长袖运动外套和牛仔裤的四季子瞪了一眼。四季子向玛丽轻轻地挥了挥手。

“再见啦。阿姨，有空就来我家坐坐呀。我妈也挺想你的。”

和子连说了好几遍谢谢。达郎心里忽然产生了想一脚踹在母亲背上的冲动。他还想责问四季子：难道没有别的话要说了吗？

达郎取下挂在门口横梁钉子上的摇粒绒羽绒外套，对四季子说道：

“你顺便载我去一下镇上吧。”

“可以呀。不过，你怎么不自己开车去呢？”

“我喝了点儿酒。”

达郎穿上运动鞋。平时，只喝这么一小瓶啤酒的话，那根本就不叫喝酒。但现在达郎想不出别的借口来。

“达郎！”

伸二在客厅里怒吼道。达郎没空搭理他，现在眼睛里只有四季子。和子也想叫住他。达郎用力拉上了大门。

呼出的白气仿佛被星空吸走了。明天可能会打霜。到十公里外的镇上，只需要开十分钟。迎面开来一辆打着远光灯的车，四季子怒气冲冲地直闪车灯。

“你这是什么意思？”

“我还想问你是什么意思呢！”

“什么？”

“后来你怎么没再去牛棚了？”

“我不是说过了嘛。你还要让我再说多少遍呀？喂，要送你到哪儿？快说！”

“别岔开话题。”

“谁岔开话题了。我只是来送个咸菜，哪有这么多时间带你兜风。别老是只顾自己。”

“你为什么要到我家里来？”

“你是责怪我不该来送咸菜？”

“你可以趁明天我不在的时候再送来呀。”

“你想说什么呢？”

“你是想来见我的吧？”

“又来了。你能不能别再自作多情了？”

车来到通往镇上的十字路口。

“向左拐。”

“向右拐才是去镇上哟。”

“你别管，向左拐就行。”

四季子不太情愿地改变了路线。公路右边闪过一家超市、一家便利店、点心铺、杂货店……这些商店基本上都可以满足生活所需了。但达郎想要的东西，这里却买不到。车离镇上越来越远，驶入一条和农用小路交叉的昏暗的路，然后停了下来。车灯照亮了路边，干枯的杂草正柔弱地随风轻摆。

“到底要送你到哪里？”

“去情人旅馆。”

街上只有一家情人旅馆。两人还在读高中的时候，一户弃农经商的人家就开始经营这旅馆了。当时，周围的人都用很难听的话咒骂他们。然而，二十年过去，这家旅馆仍然还在营业，可见确实有这样的需求。

“别开玩笑了。你明白自己在说什么吗？”

“那你明白我吗？”

“我没法明白。”

沉默片刻之后，达郎声音嘶哑地对四季子说道：

“不明白就算了。带我去情人旅馆吧，拜托了。”

于是，四季子又亮起车灯，踩下油门。

情人旅馆果然如想象中的一样破旧，似乎已经多年没有重新装修过了。即便如此，总共六间房当中，有四间都有人用着。两人进了一间日式房间。整间房都潮乎乎的，墙壁散发出洗涤剂、香烟和汗水的气味。

四季子并没有掩饰马虎草率的态度。她甩开达郎的胳膊，自己脱掉了长袖运动外套、牛仔裤和内裤，全都扔在床边，然后扑通一声仰面躺到床上。乳房无力地垂向两边。达郎也脱下衣服，扔在满是烟头烧焦痕迹的榻榻米上。然后，他用双手按着四季子的肩头，俯视着她的脸。四季子也仰头直视着他。

“喂，你就这么讨厌我吗？”

“我不知道。”

达郎用嘴堵住了她的嘴唇。

在枕边床头灯昏暗的灯光下，四季子把双臂合拢，遮在胸前。她的身体，在生完孩子后，便被空虚所压垮，和达郎一样逐渐腐朽……达郎拉开她交叉在胸前的双臂，把脸颊贴在她那平坦的胸口上。他感觉到一阵冰凉，身体几乎都被冷却了。

四季子趴在床单上。达郎用手指为她梳理着卷曲的头发，并吻着她的后背。她平时扎起来的头发现在放下来了，披散在后背和脸颊上。四季子先开口，打破了长时间的沉默。她的语气轻松柔和，就像在给钻进被窝的小孩讲故事一样。

“达郎，你终于也变成这里的人了。大家甚至连别人家的冰箱里放了些什么都一清二楚，却以为自己家里的事情不会被别人知道。不这么骗自己的话，就没法在这里生活下去。”

“不管你说什么，我都不会和你分开。”

“喂，你以为我没发现吗？”

“你说什么呀？”

“你如果不是被捆绑在这片土地上的话，是不会对我这么留恋的。你对我的感情，并不是喜欢或讨厌，而是一种留恋。”

两人离开情人旅馆时，已经过了晚上十二点。达郎在距离家门口一百米的地方下了车，留下沉默不语的四季子一个人待在车上。达郎心想：“四季子一会儿回到家里，她家里人肯定不会以为她只是来送咸菜这么简单吧。她会以什么样的表情回到卧室，回到等待着她的丈夫身边呢？”四季子打开着车头灯，照亮了达郎走向家门口的小路。

家门口、走廊、房屋里的灯火全都已经熄灭了。达郎拖着疲惫的身体走上二楼房间。一推开门，却看见有人在黑暗中面向门口坐着。达郎吓了一跳，几乎要闪身躲开时，这才发现原来是玛丽，不由长舒了一口气。

“你，回，来，啦。”

“快睡吧。我也要睡了。累。”

达郎脱得只剩一条内裤，随即钻进冰冷的被窝里。身体散发出四季子头发的芳香。他什么都不想，只想就这么沉浸在四季子的芳香之中。就快入睡时，玛丽钻到了达郎的身旁。达郎一碰到她那冰凉的手脚，立刻跳了起来。

“喂，你要干什么？”

“Baby.”

“孩子？”

“Yes, baby.”

“你饶了我吧。跟你能生出来吗？”

“达郎，give me baby。”

也许，父母提醒她说别忘了自己是用钱买来的媳妇？也许，他们还威胁她说如果不尽早生孩子就要被送回菲律宾去？也许，是她自己认为，只要当上母亲的话，从此在家里就有了一席之地？……这位决心在这片土地上勇敢活下去的少女，双手合在胸前，苦苦哀求。达郎却说道：

“对不起，我做不到。今晚不行，以后也不行。我也不知道为什么。”

达郎并没有意识到，跟玛丽上床会让自己感觉到很悲哀。他也无暇考虑玛丽是否能理解自己说的话。他只是反复说着：“我做不到。”

“Please，达郎。”

玛丽的声音带着哭腔。达郎不知道，怎样才能保护一个为了生存而被卖到异国他乡的少女。他只知道，自己和玛丽之间缺乏上床所必需的条件。

玛丽还是一个劲地反复说着“give me baby”。达郎冲她怒吼道：

“闭嘴！”

在这安静的房屋里，达郎的声音回荡在各个角落。

他推开紧紧地抱住自己的玛丽。同时，他在心中暗暗祈求四季子也能像自己一样。她会以什么样的心情拒绝她那起了疑心的丈夫呢？能拒绝得了吗？……想到这里，他忽然意识到，想在睡梦中度过今天夜晚，不过是自欺欺人而已。

玛丽抽抽搭搭地哭了起来。达郎抱住她的头。至少，比起在楼下整夜没合眼偷听他俩说话的父母，他觉得自己还是能理解玛丽的。玛丽在达郎的胳膊里不停地抽泣着，直到入睡。

第二天一早，伸二在冷冰冰的牛棚里用扫帚清扫饲料盆。达郎走进来时，那些牛全都叫了起来——它们知道有吃的了。在牛叫声中，可以听到扫帚扫过水泥地的规则的声音。

达郎把饲料装到独轮车上，然后用铲子把饲料撒到清扫过的盆里。在狭窄的通道上，他和扛着扫帚的父亲擦肩而过。“爸。”达郎叫住了父亲。伸二回过头来——他脸上已经没有了当初把投资破产走投无路的儿子带回村里时的那种刚毅神情了。他身上开始散发出的，是平静地走向死亡的农村老汉的气息。

“什么事？”

见儿子怔怔地看着自己，伸二便问道。

“没，没事。”

达郎自己也不明白为什么刚才要叫住父亲。

祖父临死前，叮嘱家里人要把他埋在这片开垦的土地下。所以，他的骨灰应该被撒在了这房屋附近某处吧。达郎从来没有问过具体的位置。他也不知道，对于祖父把自己束缚在这片土地上的生活方式，父亲是否顺从地接受、并且延续了下来？

在村落里，第二代人继承了第一代祖辈的遗志，固守家业，但并非所有人都能好好地培养下一代。一方面，他们想让孩子自己选择喜欢的道路；另一方面，他们又希望孩子能守护祖辈开拓的土地——这样的矛盾，反而造就了含混不清的家庭。在不彻底的放任主义下培养出来的下一代及其父母，最终失去了所有财产。这样的事实在是屡见不鲜。达郎之所以能回到村里来，应该感谢从来不轻信花言巧语的父亲。达郎心想：这种世世代代延续下来的安稳，也许不是人为的，而是来自于村落自身的生命力吧。

玛丽穿上肥大的旧长靴，走进牛棚里。达郎已经喂完饲料，钻到母牛的肚子下挤牛奶，准备留给牛犊子喝。他对着站在身后看自己挤牛奶的玛丽做了个喝水的手势，说：“杯子，杯子。”玛丽的表情忽然一下子亮了。她跑回家里拿了个大杯子过来。达郎把刚挤的浓稠的牛奶倒进杯里，递给玛丽。玛丽慢慢地喝着，脸红了。

两人给牛犊子喂牛奶。看见牛犊子撕咬奶瓶的奶嘴，玛丽就用刚学会的日语大声呵斥：“不，行！”不出一年，这些小公牛就可以作为食用牛拿去卖了。达郎来回看着正互相争抢奶瓶的玛丽和牛犊子，随即用双手抱住了玛丽的后背。

清晨凛冽的寒气逐渐消退。达郎走出牛棚时，正巧碰到了刚出门的四季子。她看见达郎，平静地微笑着。达郎心想:她第一次和自己上床时，就已经知道了这份悲哀吧。

“马上要准备过冬了。如果不嫌弃我穿过的话，我倒是找出了几件适合玛丽穿的旧衣服。你这人呀，就是不够细心。”

“就你话多。”

“我们彼此彼此吧。”

在达郎的注视下，四季子笑着坐上车。车开动前，四季子从车窗里探出头来，在引擎轰鸣声中说道：

“达郎，我喜欢你。”

“我知道。”

达郎感到心里隐隐作痛。

当晚，玛丽清扫完浴室，钻进被窝里时，达郎紧紧地抱住了她。玛丽的身体一瞬间变得有些僵硬。随后，她也伸手搂住了达郎的腰。达郎解开她睡衣上的两颗纽扣，用手掌握住两个“小山丘”。

他祈祷着，要尽可能让玛丽幸福。来到这个家里，玛丽只能依靠他，他不愿看见她不幸。

玛丽的身体散发出一种类似于南方果实的香甜气味。她被动地躺着，任凭达郎的舌头来回探索。不久，她的腹部开始起伏，呼吸也逐渐变得急促。达郎用力，玛丽轻轻地叫了一声。

达郎产生了一种幻觉——搂抱着他后背的，是还穿着校服的四季子……

牛棚二楼堆放青贮饲料的小屋里，玛丽坐在拆下来的门板边缘，眺望着远处的山脉。达郎曾经和四季子在这小屋一角温存过的地方，现在已经变得很宽敞。达郎看着身披羽绒外套的玛丽的后背。旁边，有白色的小虫子在飞舞——是雪虫。

“玛丽，你看，雪虫！”

达郎在玛丽身边坐下，摊开手掌，往空中抓了一把。他抓住几只白色的小飞虫，伸到玛丽眼前。

“雪，虫。”

“嗯。很快就要下雪了。雪，snow，明白吗？”

“Snow.”

“这里会下好多雪哟。你等着看吧。”

一只雪虫落在了玛丽微笑着的脸颊上。达郎用指尖轻轻地把它弹走。

“那座山的对面，是我年轻时待过的地方。以后我带你去看看。”

他已经送走了一年又一年的雪虫。过去的日子，总会被掉落下来的薄翼所覆盖。苍白的时间，变得苦涩而美丽。那些再也飞不起来的羽翼，也落在了四季子的心里。

在雪虫的注视下，达郎和玛丽眺望着逐渐变暗的夕阳。

雾茧

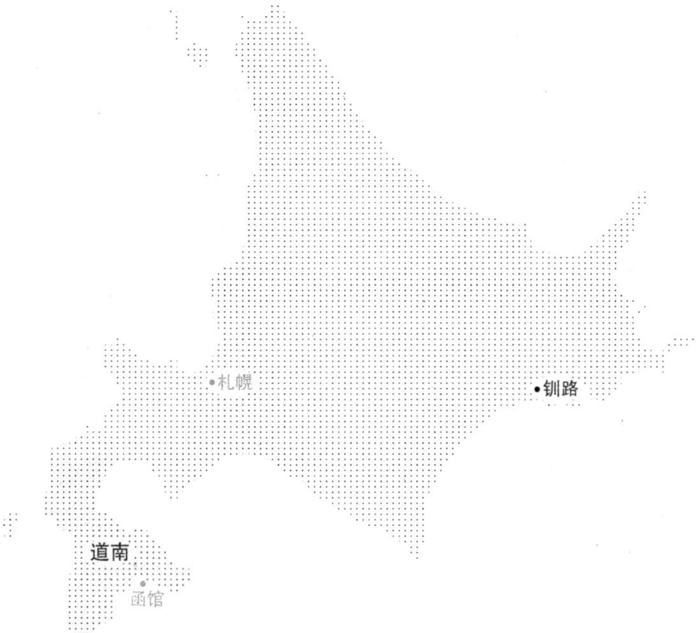

窗外是一片浑浊的乳白色。岛田真纪从客厅窗口眺望着每年都如期而至的海雾。六月已经过了一星期，但太阳还没露过一次脸。邻居家门前的树丛中，低矮的郁金香已经开花。整座城市仿佛成了一条蚕虫，正用大海吐出的丝编织着蚕茧。她偶然一抬头，看见隔壁屋檐下伸出的淡紫色的枝头——那是丁香花。

昨天傍晚开始缝制的振袖和服，今天凌晨时已经完工了。她站在厨房里一照镜子，发现自己眼睛周围都变成了红黑色。比起半个钟头前，浮肿稍微消了一点儿。她轻轻地按一下眼皮，觉得眼睛里隐隐作痛。虽然厨房里光线昏暗，但还是能看见眼睛混浊、布满血丝。她轻轻地伸展一下身体，脊椎和颈部关节发出清脆的响声。

"这样的活儿，一年一次也就够了。"

她一边转动肩膀，轮流拉伸着两边肩膀的肌肉，一边走出了客厅。她打开工作室的隔门——七八平方米大的房间里，正面墙壁上开满了一大片白色的藤花——这就是刚刚完工的振袖和服。上半部分呈淡粉色、下半部分逐渐变成淡紫色的丝绸上，白色的藤花从袖口一直开到身前和身后。

昨天下午接到这项特急任务，花了一个晚上就完成了。她站在门槛，回味着这半天的工作——手上没有多余的动作，精神也一直很集中。

之前，她也接过好几次缝制付下和服的特急任务，但做振袖和服还是第一次。师傅森千代野把绸布交给她时，还特意叮嘱了两次说："如果允许花两天以上时间的话，那就只能算是'紧急'。"既然千代野说"特急"，就必须在天亮之前完成。

千代野从事和服裁缝已经有七十年了。市内共有大大小小二十家绸布店，几乎每一家都留有几匹上好的绸布，准备请千代野做和服的时候才用。千代野今年已经八十五岁了，只能承接一定量的订单。近年来，从绸布店接到的订单，有七成交给了真纪做。真纪高中毕业后就进了"森千代野和服裁缝研究所"，住在师傅家里，学习了五年。从开始拿针线算起，也有将近二十年了。

十年前母亲去世后，真纪结过一次婚，但两年后就离婚了。之后，真纪开了家裁缝店，打出了从前母亲使用过的招牌“岛田和服裁缝店”。店面所在的平房已经有三十多年的历史了，是用父亲患心脏病去世后留下的保险金建成的。当时真纪才读小学一年级，还记得亲戚为这事来过好几次，但至于因为保险金的分配闹出过什么纠纷，就不得而知了。父亲去世后，母女俩和所有亲戚都断绝了来往。由此不难想象，互相之间肯定有过不堪入耳的争吵吧。不过，真纪从来都没有见过母亲掉眼泪。

真纪的母亲是在市内可以和千代野分庭抗礼的和服裁缝师。真纪高中毕业时选择了从事和服裁缝的道路。在母亲的强烈推荐下，她拜入森千代野门下学习。母亲说过一番对千代野这位裁缝师表示敬重的话。随着年纪渐长，真纪越来越体会到这番话的分量。

“很遗憾，父母是教不成手艺的，再怎么责骂，始终都会娇惯孩子。你还是到千代野那儿，好好地学成出师吧。既然她是你的师傅，那么，无论她的做法有什么差错，我都决不会多半句嘴。而你呢，要是不能在她门下学成出师，那就干脆不要干这一行了。”

真纪从门楣上摘下衣架，把振袖和服取下来，放在摊开的包装纸上，小心翼翼地折叠起来。绸布衣服做得好不好，一折叠就知道了。真纪缝制的这件和服，层层叠叠的布料紧紧地吸附在一起，往下沉，变得像一块板那样薄。拿在手上时，会感觉到沉甸甸的，从它的厚度根本想象不到居然这么有分量。

真纪毫无睡意，也许是因为昨天拿到绸布时的紧张感还未消散吧。听说，这件和服是应一位住在京都的作家的委托而做的。真纪抵挡不住绸布的魅力，于是就摊开这件自己生平第一次缝制的振袖和服。看着上面那些笨拙得令人脸红的接缝，她心里不由生出了另一种紧张感。

她用双臂捧着这沉甸甸的和服，于是又觉得：自己的技艺就像这藤花一样，现在正处于最佳状态。她回想起来，刚进师门的第一天，当听到千代野说“要训练忍住不打喷嚏”的严厉语气时，还感到颇为畏惧。不能打喷嚏，是因为怕唾液飞溅到绸布上，形成污渍。千代野身旁总是放着一把二尺长的尺子。真纪每次稍做错一点儿顺序，就会被噼里啪啦地打手背。

有人劝千代野多收几个女裁缝，但她却坚持只收一个徒弟。理由是：多收徒弟的话，自己手上的活儿忙不过来，徒弟们也只能学成半吊子。在真纪拜入师门之前，千代野也收过几个徒弟，但没有一个能学成出师的。其中一个只学会了和服的缝制方法，然后就知趣地离开了。剩下的几位，全都是坚持不到半年就放弃了。最后能以此作为职业，开成裁缝店的，目前只有真纪一人。

千代野经常笑着说道："每个徒弟来拜师的当天，都会不约而同地说：'我想把缝制和服当作饭碗。'倒是只有真纪没说过这句话。"

贴身衬衣、长衬衣、浴衣、碎花和服、茧绸和服、访问和服、和服外套、丧服、留袖和服、振袖和服……真纪花了十年时间，才把这些各式各样的和服做到让千代野满意的程度。而直到最近五年，她的完成速度才能赶得上交货。今年，她已经三十八岁了。

叠好振袖和服后，用包装纸包住。然后把剩下的零头布用绷线捆在一起，放到振袖和服上。最后，再用一块从母亲在世时就一直使用的深蓝色包袱布包起来。这样就算准备好，可以给千代野送过去了。那块用日本厚朴木做成的、长七尺厚一寸五分的裁衣板周围收拾得干干净净的，没有一点儿碎布片，也没有一根线头。这块长年使用的裁衣板也可以稍微歇一会儿了。浅褐色的木纹发出锃亮的光泽。

真纪换上灰色针织套裙，把扎着齐肩发的橡皮筋松开，用发箍把垂到前额的头发向上挽起，再涂上浅浅的口红，然后就出门了。走在钏路河沿岸的人行道上时，浓雾不断地从河面升起来。一百米远的对岸被雾气笼罩着，完全看不清楚。走了大约十五分钟后就到了。她站在写着“森千代野和服裁缝研究所”的招牌前，深呼吸了一下，然后按响门铃。

来到二楼那个兼作教室和工作室的房间时，千代野已经拿起针线开始工作了。真纪站在门前，垂下双手，向师傅鞠躬行礼。

“天气阴沉沉的，你还穿这种深灰色的衣服，比丧服还要死气沉沉呢。倒不如穿黑色的好。我都说过多少次了，你怎么就不长记性呢？”

千代野穿着一件苔绿色底子带灰色竖条纹的、颇为气派的和服，和她那白皙端庄的脸庞十分相称。她虽然身材瘦小，但眼睛里却总是放着一种咄咄逼人的目光。这个小老太婆一开口，形象立刻就变了——这样的情形，真纪已经见过很多次。

绸布店的新员工，几乎每个人都领教过千代野的傲慢态度，一气之下回去后，结果又被上司大骂一顿，垂头丧气地回来道歉。千代野责问道："你们这些见习生，怎么能惹怒一个愿意听从客户任何要求的手艺人呢？"让千代野感到生气的，主要是他们量尺寸不准确，还有就是缺乏选择和服裙摆里子的常识。千代野这种不容妥协的工作态度为她赢得了信誉。这一点也传承给了她的弟子真纪。

真纪结束了短暂的婚姻，又重新开始在家中接活儿做裁缝。当她向千代野汇报此事时，千代野却对她说了一句："我不是跟你说过穿和服要松开后领口吗？"——松开后领口，就是说要把后脖颈到后背的皮肤露出来，留出空隙。那惊讶的语气里，也暗含着对爱徒回归此道的欣喜之情。

"师傅，振袖和服做好了。"

"挂到那上面看看。"

千代野停下手中的针线活。真纪解开包装纸的绳结，按吩咐把振袖和服挂到正面墙壁的衣架上。千代野背后的窗口透进些许阳光，照在盛开得无比娇艳的藤花上。这间只有两块裁衣板和针线的十平方米房间里一片寂静，真纪几乎能听见自己心脏跳动的声音。几分钟后，千代野开口了。

"以后的订单，就全部交给岛田和服裁缝店吧。这件振袖和服请送到鹿子绸布店去。”

真纪虽然也曾经想过这一天会到来，但突然听到师傅这么说时，还是激动得说不出话。千代野又拿起搁在腿上的刚缝到一半的绸布。真纪这才回过神来，双手扶地，深深地低下头行礼。

千代野有两个女儿，但她们都没有选择做和服裁缝的道路。真纪回想起母亲说过的话：“把孩子交给其他手艺人管教，其实比自己打小孩屁股更需要耐心。”

“现在，我总算有脸去见你母亲啦。”

千代野一边说着，一边若无其事地继续做着针线活。真纪坐起身，看着千代野手上的白色平纹薄毛呢衬衣——她正把两片衬领相叠着缝上去。完成这道工序，一拔掉线就做成新的衬领了。这件衬衣是千代野做给自己穿的。

真纪走下楼，用门口旁边的电话叫了辆出租车。这时，弥生从厨房里走出来。——真纪自立门户之后，千代野时隔十五年又收下了弥生这个徒弟。弥生高中毕业后，在美容院工作，半年就辞了职，去年秋天开始住进千代野家。千代野告诉真纪：“弥生这孩子很少说话，老不爱提自己。不知道她心里在想什么。”真纪知道，其实自己也会给别人留下同样的印象。

住在师傅家里当学徒，既没有手机，也很少有假期。一个自投罗网的二十岁女孩子，想必不会是个善于交际的人吧。

弥生那张未施粉黛而显得苍白的脸上露出了紧张的神色。她叫住真纪，小声问道：

“师傅有没有说她身体情况怎样了？”

“身体？她身体怎么啦？”

弥生的目光在真纪的肩头上游移了一会儿。她歪着嘴，过了好几秒才开口。声音比刚才压得更低了。

“昨天傍晚你走了之后，师傅就昏倒了。我马上叫救护车送去医院，打了一瓶吊针，她就吵着说要回家。医生说是贫血，多次劝她留院做详细检查。但她就是不听，一定要回来。”

“这是怎么回事？”

弥生摇摇头。真纪吩咐说：“如果发现有什么不对劲的话，请马上联系我。”说完，她忽然想起，又问道：“为什么昨晚不告诉我呢？”

“师傅让我一定不能跟你说。”

昨晚，真纪熨平布料，走进工作室时，已经做好了通宵熬夜的准备。她的一举一动，千代野肯定是再清楚不过的。

“别听她的。下次有什么情况一定要告诉我。拜托啦。”

弥生点了点头。这时，出租车来到门口了。真纪连忙穿上浅口皮鞋，随即又回头说了一句“拜托啦”，然后才走出门外。

鹿子绸布店所在的车站前大街上，有很多关了门的老店。从前这座城市因为渔业和煤炭业而欣欣向荣的面貌已经荡然无存。单侧三车道的国道上车辆稀少，只有白线显得格外刺眼。北海道的所有地方城市都为车站前大街的衰落而发愁。鹿子绸布店也受到了泡沫经济崩溃后经济萧条的冲击。

当年经济上升期间，本州出资的大型绸布批发商立刻来到这座人口不足二十万的地方城市投资开店，抢占市场。而如今经济萧条时，就靠老板娘一己之力勉力维持。这位经营才能出众的老板娘，不仅在和服行业，而且在市内商业界也获得了广泛的信誉。真纪把包袱捧在胸前，紧张兮兮地走进了鹿子绸布店。

“真纪，欢迎光临。”

出来迎接的是第二代老板娘阳奈子。阳奈子的圆脸上，描过的细眉显得十分精神。她眉梢一挑，潇洒地摆动着和服裙摆，走到真纪面前。她身上穿着一件素雅的灰色大岛绸和服，画了眼线的细长眼睛和涂了口红的薄嘴唇被映衬得格外醒目。

“刚才，千代野师傅打来电话，说以后把工作全都交接给你了。我说要上门去拜访一下您两位，打声招呼。她却说：‘这种繁文缛节，只要真纪不主动提出来的话，就省了吧。’鹿子绸布店开业以来，还是头一次在店面和裁缝师进行交接问候呢。”

真纪的母亲在世时，就跟阳奈子有来往了。阳奈子比真纪年长七岁。因为第一代女店主很早去世，所以阳奈子从二十五岁起就开始做这一行了。对于连一年一度的和服展销会都不愿参加的真纪，阳奈子总是嘲笑她说得了无可救药的职业病。

关于阳奈子，有着各种各样的传闻逸事——从她的言行举止到她各个时期的男朋友。据说，她年轻时，曾经一边温存地安慰一位工作出错的男裁缝师，一边微笑着当场宣布跟他解除合约……这事已经成了业内的谈资，也不知道是真的还是假的。虽然不知道可信度如何，但这些传闻时常被人挂在嘴边，正是因为阳奈子脸上总是洋溢着温柔的微笑，使人感觉她很有可能干出这样的事来。

阳奈子从真纪手上接过装着振袖和服的包袱。

“从今以后，对于你交过来的成品，鹿子绸布店不需再进行验收确认了。因为这是我们店和千代野师傅之间的合作。从今天开始，你就是鹿子绸布店的专属裁缝师了。以后请多关照。”

阳奈子毕恭毕敬地低头行礼时，露出了白皙的后脖颈。真纪也连忙低头回礼。直起身时，阳奈子的语气又变回像平时那样随和了。

“这布不错吧？”

“嗯，布越好，我做衣服时就越能体会到一种紧张感。”

真纪在店里的会客室坐下。——每次来鹿子绸布店，她都会被领进这里。从前和母亲一起来的时候，前任女店主每次会在这里把一包点心送给她们。这个会客室只有三四平方米大，布置得像个小茶室一般，还流淌着轻柔的古琴声。像壁龛一样的架子上，摆放着一些颇有传统风味的小物件。真纪拿起一个蛤蜊状的小荷包，看见底下贴有一张手写着“一千日元”字样的标签。

“很漂亮吧？清楚地标上价格，就能跟顾客保持良好的关系。不管互相之间多熟，钱还是要收的。在我们鹿子绸布店，老板娘做生意可是一项看家本领哟。”

真纪点了点头。阳奈子报以心满意足的微笑，然后拨通内线电话，吩咐客户部的部长山本过来拿取振袖和服去送货。放下电话后，阳奈子忽然转过身来，问道：

“后来，你跟山本两人怎么样了？”

真纪把蛤蜊状的小荷包放回架子上，侧着头，含蓄地笑了笑。她接过茶杯时，感觉这茶杯还残留有手工制作的质感。杯里轻轻地漂着几片盐渍的樱花瓣。

真纪半年前才知道，阳奈子和山本以前曾经交往过五年。据真纪所知，周围人在议论到阳奈子的男朋友时，并没有提起过山本这个名字。真纪是在和山本第一次上床时才知道他和阳奈子的关系。

入秋以来，真纪和山本私下见过三次面。那次缝制完为新年成人礼准备的和服后，当晚真纪和山本一起去看电影，回来时顺便去了他那里。——真纪早就有此预感了。到底是身体还是内心先被打动的呢？现在回想起来，大概是身体吧。两人之间并没有爱得死去活来的情感交流，而是任由时间流逝而渐渐变淡。这样的关系，让真纪觉得很舒心。

和山本互相搂抱在一起时，真纪感觉到自己仿佛变成了一块上好的丝绸。山本生来木讷而认真，但在跟女顾客长期打交道的过程中又形成了温和的言谈举止风格——这样一种内外反差，让真纪对他产生了好感。对于那天晚上的真纪来说，山本和老板娘的过往根本就无所谓。

炉火照在山本背上那一块块间距相等的脊椎骨上。真纪看着他的背部，听他坦白相告之后，小声嘀咕道："为什么现在还要提起那些事情呢？"据山本自己所说，他和阳奈子的关系早就结束了，现在只是单纯的上司和下属的关系。而他也打算把自己和真纪的事向上司进行正式汇报。真纪不明白对方的意图。山本解释得越多，她越是感觉到一种受人非议的悲哀心情。真纪心想：也许，那天晚上感觉到的寒冷和乖僻性情就是出于自己与生俱来的本性吧。上床当晚出现了一丝隔阂，真纪后来也没有主动联系，两人渐行渐远。

随着时间流逝，真纪脑里对于两人互相温存的记忆却变得越来越清晰。但这和恋恋不舍又似乎有些不同。如果自己肯承认"舍不得放弃他的身体"，那也许就会活得轻松很多吧。然而，要做到这一点，还需要山本改变半年前的态度，变得更潇洒一些才行。但真纪却不好意思对他挑明说："其实不需要把感情看得跟身体一样重。"

真纪是鹿子绸布店最好的裁缝师，阳奈子是荟萃了市内裁缝师的鹿子绸布店的老板娘，山本是老板娘的得力助手——他们三人处于一种密不可分的关系之中……

阳奈子见真纪没有回答，便轻轻地扬了一下下巴，然后坐到她斜对面，用跟话题不太吻合的明朗声音说道：

"我这人呀，每次不得不在爱情和事业当中做选择的时候，我就两边都想放弃。所以，我总是在考虑有没有两全其美的办法。"

冷不防听到这话，真纪一时不知该如何回答，只得端起茶杯呷了一口。

"对现在的鹿子绸布店来说，既不能失去山本，也不能失去你。所以，如果你对他犹豫不决的话，不如干脆就放弃了吧。"

真纪模棱两可地点了点头，把樱花茶一饮而尽，然后轻轻地放下茶杯，站起身来。临走前，阳奈子面露笑容地对她说道：

"今天回去好好休息吧。期待你以后继续缝制出好作品。鹿子绸布店会全面支持你的。"

仿佛已经全然忘记了刚才自己说的告诫之语。

阳奈子把用丝线捆着的一叠纸币放进和纸钱包，递给真纪时，轻轻地握了一下她的手背——这动作跟前任女店主如出一辙。

“为什么我不直接回答说我跟山本已经分开了呢？”每次停下来等红绿灯的时候，真纪心里就这么想。虽然她觉得这段关系还不如今早缝制好的和服那么有价值，但却无法做到一刀两断，像把衣袖从衣服上裁剪下来那样干脆。即使已经结束，但似乎还没决绝到可以说出口的程度——这大概就是自己在听山本坦白过往时感受到的那种莫名其妙的悲哀吧。快到中午时，随着气温逐渐上升，海雾也变得越来越浓。

真纪一回到家里，就躺到床上，想小睡一会儿。醒过来时，已经是晚上十点了。她挣扎着爬起来，就像把紧贴在床板上的身体撕下来一样费劲。看来，至少需要再过两天才能恢复白天的作息规律。躺下重睡之前，她从冰箱取出一瓶罐装啤酒——只要喝上半瓶，睡魔就会到访的。

刚喝了两口，客厅角落的电话忽然响了起来。是山本打来的。

“顾客收到和服，非常喜欢。”山本说道，“今天你进来茶室的时候，我看见你了。我还听说，千代野师傅把工作全都交接给你了。祝贺你。以后，我得叫你‘真纪师傅’咯。”

无论面对的是一次买一千万日元商品的顾客，还是买便宜的化纤成衣的顾客，山本的态度始终如一。阳奈子笑说这就是鹿子绸布店的武器。而且，山本对女老板和对真纪的态度也是一样的吧。在工作中，他考虑自身利益之前，往往会在一种使命感的驱使下行动。因为这份耿直，他深受别人的信赖。

山本在转入正题时，平稳的语速稍微变快了一些：

“如果方便的话，我想在近期和你见个面，好好谈一谈。可以吗？”

沉默了几秒之后，他又补了一句：

“我等你的答复。”

真纪暗自思忖：以后的工作肯定少不了跟鹿子绸布店打交道。很显然，如果得罪了阳奈子的话，即便自己是千代野的得意门生，工作中也会磕磕绊绊的。而山本特意选择今天打电话来，一定有他的理由。其实，我只要说一句“不方便见面”就完事了嘛……

“那先这样。”山本说完，就挂掉了电话。

真纪听着断断续续的电话忙音，不由想起了阳奈子今天说的话："每次不得不在爱情和事业当中做选择的时候，我就两边都想放弃。"确实，这不能和那些可以二选一的问题相提并论。但真纪和阳奈子的根本区别，在于接下来的做法——如阳奈子所说，只要她不放弃的话，就一定能找到两全其美的办法。这并不是在威胁，也不是在说大话。这就是阳奈子的行事风格，十分鲜明。

七月的某个周末，大家正热热闹闹地过岩岛神社节时，真纪收到了千代野住院的消息。前一天下午，真纪接到加急订单，说是想在第二天过节时穿的，所以她就加班加点地赶做了一件浴衣。很久没缝棉织物了，做完时手指都已经发僵。第二天一早，她就打定主意：今天放下针线，让手好好休息一天。就在这时，她接到了弥生打来的电话。

"这次，师傅也没说要马上回去了。我说：'我联系一下真纪师姐。'然后就给你打电话。听说接下来会进行详细检查。陪护人员由她的大女儿安排。我本来提出说由我来照看，但师傅没有同意。"

挂掉电话后，真纪急忙赶到市立综合医院，走进位于十楼的单间病房里。千代野正坐在病床上，看着窗外。真纪走近时，千代野才慢慢地把视线转向她。

医院大楼位于春采湖旁边。据说，这里的雾比市内其他地方都要浓。从十楼窗口往下看，只能看见朦胧一片的乳白色，使人产生一种整栋大楼都漂浮在云中的错觉。

“岩岛神社节的彩车，刚从楼下经过哟。”

“师傅，您别吓我呀。”

“不过，被雾遮住了，什么都看不见。今年过这节，也只能听听声音啦。现在感觉跟坐在云端似的。”

真纪没有吭声。千代野朝她微笑了一下——真纪在和服裁缝研究所学习多年以来，从来没见师傅露出过这样平静而空虚的笑容。真纪听到有人进来，回头一看，只见弥生正站在病房门口，身上那件黄色的方格平纹衬衫格外显眼。

“刚才，我也跟弥生说了。没能把她培养到学成出师，当然是很遗憾。不过，有这么一桩未了的心事，反而能让我再多活几天吧。”

“师傅，别说这种泄气话。好好休养，身体很快会恢复的。我求您了。”

“就算这次能幸运地恢复，说不准什么时候就倒下啦。我自己清楚得很。这是没办法的。不过，不可思议的是，在这里穿上这么一身可怜兮兮的病号服，马上就感觉到：无论我提什么要求周围人都会答应。真好玩。这叫‘因病得福’吧，或者应该叫‘因老得福’？”

千代野自言自语地嘀咕着，目光直视着真纪。真纪也看着千代野的眼睛，问她有什么愿望。

“你母亲把你交给我的时候，曾说：‘希望你能向我女儿展现出森千代野的生活态度。’要接过这个担子，需要下相当大的决心。她既然这么说，我当然就不能推辞说自己没有信心。刚收下你那会儿，每逢周末，你带着缝了一半的衣服回家去时，我都会害怕得睡不着觉。对我来说，你的母亲岛田有纪就是这样一种存在。”

千代野停下来时，病房里一片安静。她继续说道：

“上次你做的那件振袖和服，非常漂亮。每当我想到这优美的直线裹在女人圆润的身上时，就会感觉到十分庆幸。我对自己的工作成果非常满意。我可以挺起胸膛，自豪地向你母亲汇报这项最后的工作了。”

真纪一动不动地看着千代野那干瘦的指尖。

“我把弥生交给你了。再过五年的话，她应该能做得不错的。”

病房门口并没看见弥生的身影。不知什么时候走开了。真纪看着千代野的眼睛，慢慢地点了点头。

真纪临走时，千代野小声嘀咕着说道：

“你终于也练成细腻的针线感啦。”

两天后，弥生带着随身物品来到了真纪的“岛田和服裁缝店”。她家住在离市区五十公里外的渔村，市内又没有可供寄居的亲戚，而在师傅家里继续待下去也不是办法。真纪考虑之后，让她住在裁缝店门口旁边一个七八平方米大的房间——真纪之前一直把这房间当作工作室。光凭弥生目前的技术，显然还不足以赚到在外面租房的收入。所以，真纪也只得暂时多负担一个人的生活费了。弥生要成为岛田和服裁缝店的得力助手，至少还需要一年。

眼下，真纪每个月接十五件左右的订单，进度大概是两天完成一件。只要不大手大脚的话，养活自己一个人还是没问题的。弥生说对做浴衣和衬衣还比较有信心。但如果每次都只是缝这种衣服的话，技术就不会有丝毫进步。真纪心想：在适当的时候，也必须教她做些带里子的和服。不然，再过十年也养不活自己。

“在这世上，每一块绸布都是独一无二的。在你成为合格的裁缝师之前，我会对你严格管教。我和千代野师傅的做法可能会有些不同。不过，我也会尽力让你在五年后成为一个满怀自信的裁缝师。这过程可能会很辛苦，请跟我一起努力吧。”

弥生点了点头，眼睛里露出了锐利的目光。为了缓和彼此的紧张情绪，真纪先让弥生一起帮忙布置工作室。为了把跟厨房相连的十六平方米大的客厅改造成工作室，真纪扔掉了平时用于小睡的旧沙发，只留下暖炉和电视机。再搬进两块裁衣板，面对面地摆在一起，房间里顿时洋溢着一种和服裁缝店的紧张感。真纪早就想把工作室改到客厅了，但又嫌麻烦，结果一直拖到今天，因为意外的契机才终于实现了。

弥生知道自己的技术还派不上用场，所以坚持说要承担做饭、扫地等家务活。但真纪婉言拒绝了。虽说现在是师徒关系，但真纪从没想过由别人服侍三餐而自己只管缝衣服。最后，她才妥协了，勉强同意两人轮流做家务活。

这时，真纪忽然又意识到：关于弥生的情况，千代野几乎从来都没告诉过她。本来，自己跟鹿子绸布店就处于微妙的关系，现在又多了这码事……新的生活，就在这种惴惴不安的心情之中开始了。

这座城市在夏天总是雾气弥漫，很少见到阳光。不过，一到九月份，太阳就开始高照，仿佛想寻找回迟到的夏天。真纪在阳台窗口挂上窗帘，以此调节光线。布置工作室时，优先考虑用于放置绸布的最佳环境。地上原来铺的是圈绒地毯，现在也改换成了剪断绒毛的雕花垫子，这样更方便拾取缝衣针。然后把暖炉往厨房那边移，一下子腾出了比想象中更宽敞的空间。一直收拾到第二天中午，才把工作室布置妥当。风吹散了云雾，灰蒙蒙的太阳也露出了久违的笑脸。

第二天，客厅就开始被当成工作室来使用了。真纪发现弥生总是面无表情，不禁有些纳闷，但转念一想：这样总比整天看我脸色行事强多了。真纪决定首先让弥生缝制她自己的碎花和服——准备在十月份鹿子绸布店举行和服展销会时穿的。

“把两层单衣合在一起，就成了带里子的和服。如果你能记住重点并勤加练习的话，每一道工序都会有助于下一步的工作。笔记本和铅笔一定要随时放在旁边，要把你听到的东西、领悟到的东西全部记下来。以前千代野师傅就是让我这么做的。”

真纪把自己年轻时买回来却一直没用的一匹绸布交给弥生。这绸布是她刚认识前夫那会儿买的，浅蓝色的底子上洒满了小碎花。那天，她有生以来第一次想到要为自己缝件衣服。结果就那么一直搁着。但当她看见绸布上那些描绘着小幸福的碎花图案时，才意识到：当初选择买这款绸布的那段日子，自己是幸福的。如今，无论配上什么样的腰带，自己也不适合再穿这样的碎花和服了。

弥生接过绸布后，只是简单地说了声谢谢。看不出她是喜欢还是不喜欢。虽说没必要故作欣喜，但反应这样冷淡，还是令真纪觉得纳闷。真纪一边给她测量尺寸，一边若无其事地问道：

“如果你不喜欢碎花绸布的话就说呀。我翻一下壁橱，应该还能找到些别的绸布。”

“没有不喜欢。”

听到弥生这冷淡的回答，真纪差点儿要责问她：“那你为什么是这种反应呢？”但还是忍住了。测量完肩宽尺寸后，真纪把数字记录在弥生的笔记本里。她手上拿着这本没有任何装饰的非常普通的笔记本，漫不经心地翻了起来。笔记本上写满了密密麻麻的小字。有的页面还配了图，上面记录着缝袖子和上袖子的方法及每个步骤的详细要领，甚至连千代野无意中的唠叨话也记了下来。忽然，一只手从真纪的肩头上伸过来，将笔记本一把夺了回去。真纪抬起头，只见弥生正用近似于怒视的眼神盯着自己，不由吓了一跳。弥生这才回过神来，低下头说：“对不起。”

真纪连忙说道：“对不起。是我不对，不该随便看你的东西。”

当天吃晚饭时，两人都很少说话。空气中充满了尴尬的气氛。不久弥生就回房间去了，剩下真纪自己一人。

真纪把收在抽屉里的一摞笔记本拿了出来。自立门户的时候，这些笔记本就是最有用的东西。师从千代野的五年间，自己缝制过五百多件和服——所有的体型和尺寸全都详细地记录在上面。现在，一听到身高和体重，真纪脑里马上能反应出衣服尺寸，这全得归功于这些笔记本。

真纪翻开笔记本。当她翻到当年曾煞费苦心才对齐纹样的“般若面和服”这一页时，不由停下手来。“身高一百五十厘米。体重八十公斤。歌舞伎汇报演出。月末交货。做好就联系鹿子绸布店的山本。”页面的边边角角记录着各种零碎的事项。虽然这些笔记绝对算不上整洁漂亮，但每次一翻开，眼前就会立刻浮现出当时缝制衣服的情景，甚至联想到当时发生过的事情。这一册册的笔记本，也可以说是学徒时代的日记。

“对齐纹样？”真纪坐在厨房里的餐桌前，一边眺望着改造成工作室的客厅，一边自言自语地嘀咕着。她心想："弥生不就像是一块不好对付的绸布吗？既然这样，我就更不能畏惧。"真纪决心不再考虑弥生到底能不能跟上自己的步伐。"就算跟不上，在她提问或有所行动之前，我还是不要主动劝导她为好。如果一味地担心她逃跑的话，那么我和她都无法前进。"

与其学艺，不如偷师——手艺之道向来如此。千代野还说过："在日常生活各个方面都尽量向师傅看齐，这就是学习的捷径。"真纪所能做的，唯有努力而已——努力使弥生这几年辛苦的学徒生涯能获得回报。

第二天，弥生缝上袖子时弄错了顺序。真纪当即拿起尺子，隔着裁衣板敲打她的手背。如果犹犹豫豫的话，那将一事无成。坐着的弥生立刻挺直上半身，仿佛一下子高出一个头来。平时那张面无表情的脸上，此刻也流露出了惊讶的神情。真纪说道：

"一辈子都要按同样的顺序去做，无论是今天还是十年后。即便你已经熟练到闭上眼睛都能完成，也仍然必须睁开眼睛，认认真真地去做。做这一行，切忌自己想当然地另搞一套。而比这更可怕的，是习惯。——师傅以前就是这么教我的。"

不过，刚才真纪拿起尺子的那一瞬间，确实有一丝犹豫。也许，和千代野所说的“每逢周末看见真纪带着缝了一半的衣服回家去时，都会害怕得睡不着觉”，是同样的一种心情吧。想到这儿，真纪的语气就变得更加严厉了，这样才能使自己振奋起来。她心想：“无论是自己的笔记本还是弥生的笔记本里，一定都充满了对师傅的尊敬之情。与之相比，这一瞬间的委屈又算得了什么呢？”

八月，从春天开始就一直被海雾笼罩着的城市逐渐放晴。来自鹿子绸布店的订单也很稳定。那些等待着被摆到裁衣板上的绸布，经常占据了半边壁橱——再怎么加快速度，也得花一个月才能全部完工。

山本后来没有再打电话来了。当然，真纪也没打电话给他。幸亏每天都忙着缝制衣服，没有时间想心事。弥生一次都没回过家。真纪虽然觉得纳闷，但又怕多问的话会增加彼此的麻烦，所以也就一直都没有过问。弥生花了十天工夫，终于把那件准备在和服展销会穿的碎花和服缝好了。为了对她这段时期的紧张工作表示慰劳，真纪夸奖道：“缝得这么好，可以直接摆到店里卖啦。”听到这话时，弥生终于绷不住了，眼睛里含着泪水——这在真纪面前还是头一次。

真纪给弥生的这匹碎花绸布，是从前她和丈夫一起挑选的。正是这份爱情，使她从母亲去世的悲痛中重新振作起来。

“希望你每天都在家等我回来。针线活嘛，能赚点儿零花钱就行了。”

他这么劝说道。真纪当时几乎被工作压垮——她每天要做许多母亲留下的未完成的活计。她回想起母亲这一辈子，不由感到悲伤——为了生活，母亲生前每天要赶做两三件衣服，没日没夜地缝，就这样过了一辈子。真纪心想：也许他能带我逃离这样的痛苦。婚后的那段时间，从前那些痛苦的日子果然离她远去。

然而，一起生活了一年后，真纪才渐渐发现，对方并不是真正顾家，而只是一个向往家庭的男人。

“我想要一个有你和孩子等我回来的温暖的家。”

真纪一直没有怀孕。丈夫每次一听到年迈的父母说想在入土前抱上孙子就感到发愁。或许，这也成了他的一个借口吧。当两人提出离婚的时候，别的女人的肚子里已经有了他的孩子。

实际上，对于真纪来说，离婚相当于给自己此前的生活画上一个句号，所以她也松了一口气。——跟结婚那时的心情很相似。幸亏有“孩子”这么个单纯的理由，让大家都觉得离婚是“迫不得已的事”。离婚闹剧很快就落下了帷幕，快得令周围的人一片愕然。

经历过结婚和离婚，在如今已将近四十岁时，真纪渐渐明白了：只要有独自一人克服困难的决心，其实困难也很少会来找麻烦。此时，她才忽然想起母亲从前老爱挂在嘴边的一句话：“各种灾祸，其实都是因为想依靠别人而引起的。”

当真纪听到在厨房沏茶的弥生说话时，才回过神来。

“你的杯子有个缺口了。”弥生手上拿着个绘有蓝色小花纹样的大杯子，“这是和另一个成对的吧？”

“扔掉吧。这是我离婚时带回来的，已经很旧了。不要啦。”

弥生飞快地眨了几下眼睛。真纪用眼神问她：很意外吗？

“你结过婚的事，有听说过。你那时就用这个杯子吗？”

——弥生没说“你离过婚”，这很符合她的说话方式。她那困惑的脸上，流露出平时很少见的稚气。这对大杯子，是弥生住进来时真纪才从尘封的纸箱里翻出来的——红色杯给弥生，蓝色杯给自己，每天用来喝茶或喝咖啡。从丈夫家搬出去时，真纪心想：别把这对杯子留在这里，省得以后他看见了徒增烦恼。于是就随手扔进了自己的行李中。

“看我现在还用这杯子，很奇怪吗？”

“不，不奇怪。”

“那你想说什么呢？”

“我想，即便是伤心事，如果每天都回想一下，应该渐渐就会习惯，不至于再为那些事而受伤了吧。”

弥生一边说着，一边拿出别的杯子，不紧不慢地沏了杯速溶咖啡。真纪一直盯着她的手，心想：确实，每次用那杯子时也许都会想起那个人，只是自己并没有意识到罢了。那些努力想忘掉却反而越来越清晰的记忆，就这样在不知不觉中形成习惯了……听到弥生这么说时，真纪竟无从反驳。

“我并没觉得离婚是什么伤心事，可能也没觉得留恋。我并不讨厌他，只是觉得无所谓。我是一个害怕麻烦而又感觉迟钝的人。”

那和山本又如何呢？对于这个问题，真纪也不知该怎样回答。没有干干脆脆地分手，既不是出于对阳奈子的竞争意识，也不是出于对山本的依恋，而且似乎也不能归结为因为怕麻烦就这么一直拖着。

弥生朝热腾腾的咖啡吹着气，嘴角稍微歪着——既像在微笑，又像是困惑的表情。

“你可以告诉我为什么要选择做和服裁缝吗？”

真纪问道。弥生端着杯子的手一时停住不动了，视线在桌上游移。真纪假装没注意到她的神情变化，只是喝了一口咖啡，说道：

“明天你开始做鹿子绸布店委托的那件红褐色碎花和服。别忘了今天完工时的喜悦之情哟。做别人的衣服也一样。要让别人穿上时，也能和我们一起分享这种喜悦。马马虎虎应付了事的话，过后一定会后悔——千代野师傅经常这么说。我也是这么认为的。”

弥生只回答了一声“嗯”。

真纪感觉到，弥生又再次躲进她自己吐丝结成的茧子里了。

台风比预报的提早一天过去了。和服展销会当天，天气晴朗，仿佛又回到了夏日。弥生穿着浅蓝色的碎花和服配粉红色腰带，真纪穿着母亲留下来的深蓝色大岛绸和服配朱红色腰带。母亲直到去世前三天还一直拿着针线，结果却没来得及穿上这件大岛绸和服。真纪今天这么搭配，是考虑到除了白色布袜和衬领之外，不需要其他多余的装饰。到了现场一看，却发现老板娘阳奈子穿了一身更加素雅的银灰色大岛绸和服。会场设在酒店大厅——这里平时经常用来举办婚礼，可以容纳五百人。大厅留出了一条通道，其余地面挤挤挨挨地铺着榻榻米，上面摆满了绸布以及华丽的粗缝和服。

在今天的盛会上，那些对茶道、花道等日本传统艺术感兴趣或从事相关行业的人都来了。还来了很多客户，他们紧张地期待着：平时经常光顾的那些绸布店会展出什么样的绸布呢？对于他们来说，今天也是一个检验自己眼力的日子。其实，很多情况下不能光看标价——即使腰带的价格近乎免费，但总价还是能保证绝对不亏。这就是批发商们的生意经。

如果今天订货量可观的话，真纪和弥生到年底都别想休息了。往年，和服展销会过后，鹿子绸布店总会把一箱箱订单交到她们手中。今年如果要把千代野的客户全部承接下来的话，根本就没法安排得开。

往年，真纪对这种装饰过度、浮华的会场气氛颇为抵触。但今年既然千代野不能参加了，她就不能再说这种任性的话，不能给师傅脸上抹黑。

客户部的部长山本也穿着和老板娘同样的银灰色和服。他是会场的总指挥，所以到处忙前忙后，没有一刻闲暇。他那梳成三七分的头发上，有一缕发丝垂到了前额。今天，作为鹿子绸布店老板娘的得力助手，他的安排调度决定着展销会能否成功。会场用屏风隔开了一个会客室。每当屏风后面传来呼唤声时，山本就要快步地跑进去商讨事情，或是和批发商谈生意。阳奈子不时从腰带间取出手机，叫山本过来一起确认准备好的振袖和服。她的眉毛看起来比平时稍微向上挑。跟在真纪身后的弥生也跟往常不一样，显得有些心神不定。

“我感觉这里的世界可真吓人。”

“没事。我们的工作，只是按订单把绸布做成衣服而已。只要记住这一点，充满信心去做，就不必担心迷失在这种氛围中。”

弥生挺直了腰板。前两天，真纪刚给她讲了一个裁缝师的教训——那个裁缝师因为用错裁衣剪而导致多年成果在一瞬间化为泡影。有不少手艺人，不仅收入没了，甚至连长期积累起来的信誉也毁于一旦。即便能侥幸混过一时，但如果总是畏畏缩缩地对待工作的话，就肯定不会有出息。无论是多么熟练的手艺人，都会有一种害怕自己要抛头露面的恐惧感。

上午的舞台安排了歌舞伎表演。很多观众专程跑来看，会场几乎爆满。之前在准备排练时，阳奈子坚持让他们演那些家喻户晓的剧目，闹得演员们有些不愉快。但此刻看见会场里有这么多观众，他们这才感到心服口服。他们演完《道成寺》[1]之后，阳奈子向着舞台鼓掌，随后就更是忙得不可开交了。她一看见老客户，就婀娜地摆动着和服裙摆，走上前去搭讪。有些客人本来决定只买些小物件，但在阳奈子笑容的吸引下，不知不觉地便拿起了绸布。

那些老客户们的提问大多集中在千代野的病情上。不过，他们对于真纪接替师傅一事倒也没有表露出不安。毕竟千代野也已经八十五岁高龄了，把工作顺利交接给徒弟是理所当然之事。

有个客户对真纪特别满意，说要把这次的大订单——七彩草花染布和服交给她做。这样的大订单，如果鹿子绸

---

1 《道成寺》：日本歌舞伎中最有名的剧目之一。

布店不及时跟进的话，很可能会被其他眼红的批发商抢去。当生意谈成时，阳奈子召集起店里的员工，和周围的客人一起拍手庆贺。

把兴高采烈的客人们送到会场出口之后，阳奈子拍了一下真纪的肩膀，说道：

“干得不错嘛。”

真纪接到的这个大订单，除了能收取裁缝费之外，还能赚取佣金。也就是说，真纪是以鹿子绸布店下属裁缝店的名义承接的订单。

“今晚的慰劳会，得由真纪来请客哟。”

阳奈子一边说着，一边用胳膊肘子轻轻地捅了一下真纪的侧腰。

当晚在会场开完慰劳宴会后，真纪和弥生正准备回去时，刚刚还忙着在宴席间来回致谢的阳奈子一把抓住真纪的胳膊，说道：

“我也没打算真的让你请客。我们换个地方再喝，一起去吧。”

真纪推辞说：

“我从早上就一直苦于应酬，而且又喝了点儿酒，人都站不稳了。”

阳奈子却不肯听：

“我也喝醉了呀。现在剩下的都是咱鹿子绸布店的人，你不去怎么行？当然，如果你有别的理由不想去就算了。”

话说到这份上，真纪也不好再推辞了。离开和服展销会的会场，两人肩并肩地走了大约五分钟。两人都没有说话，只是默默地向前走。阳奈子的脚步变得很稳重，和刚才截然不同。

山本预约的地方，是在鹿子绸布店后面一个设有榻榻米坐席的小酒馆。一同前往的有阳奈子、真纪、弥生、山本及其下属的三名男员工。一走进店里，有个年轻的男员工就不停地向弥生搭讪。山本说了他几句，惹得另两人直笑：“瞧他这德行。”

包厢设了七个座位：左列三人，右列四人，彼此相向而坐。在山本的指示下，真纪正要入座时，却被阳奈子一把拉住袖子。阳奈子迅速地坐到最里头，然后拍了拍身边的坐垫，招呼真纪坐下。左列席位依次坐着阳奈子、真纪、弥生。山本坐在靠近门口的地方。

阳奈子和真纪面前的大酒杯很快被斟上了酒。山本随时留意着上菜情况，时不时看看酒壶里还剩多少酒，似乎一直没有闲着。弥生起身去接摆着酒壶的托盘。

“真纪，你在想什么呢？”

阳奈子凑到真纪面前，由下往上地看着她的脸，然后按着腰带上的结扣，长长地舒了一口气。真纪说道：

“今天的场面可真隆重啊。”

“当然啦，砸了很多时间和钱在上面的嘛。”

阳奈子的眼线和口红都有些脱落了，但她却不以为意，全身散发出一种镇住全场的自信。

“刚才明明已经喝过一场了，但真纪的脸色却一点儿都没变。这种人最坏了。”

真纪感觉稍稍有点儿上头，但还没到醉的程度。看看桌对面，一个小伙子趁着弥生端酒壶上来时拉着她搭讪，而山本则和柜台里的老板聊起天来……

真纪回答道：“可能我还没从紧张中缓过劲来吧。”阳奈子哼哼地冷笑了一声。真纪说道：

“老板娘，你要开始撒酒疯了吗？”

“说得没错。趁着撒酒疯，就顺便告诉你吧——上次让你加急做的那件振袖和服，山本没跟你说过什么吗？”

真纪皱起眉头。阳奈子继续说道：

“这个顾客定做这件衣服，是想给他那刚死去的女儿穿的——穿着盛装去火化……你没想到吧？当然，我跟千代野师傅也说明过这情况。你这边，我本来是让山本跟你说的。不过，他什么都没说吧？”

“我没有听说过这回事。”

真纪的心情很平静。即使一开始就了解这情况，也不会影响到缝制衣服那天的专注力。

“也就是说，对于我们山本部长来说，你这副担子太沉重了，他承受不住的。他不知道你是一个听到这种可怕的事情还能面不改色的女人。你还是趁早跟他说清楚，让他死心吧。这样的话，也不至于影响到我们的工作。”

阳奈子注视着自己那涂成浅驼色的指甲，随即将大杯子里剩下的半杯酒一饮而尽。

“真纪，你要记住呀：聪明的女人一辈子都成不了主角。能成为主角的，往往是那些笨女人。”

“你这是在夸我吗？”

“傻瓜，我是在夸我自己呢。”

阳奈子在真纪耳边小声说着，还做了个鬼脸。

大约过了一个钟头，宴会终于结束。阳奈子摇摇晃晃地走出小酒馆后，忽然一下抱住了眼前的电线杆。几个年轻小伙子兴冲冲地拉上山本，说要换个地方再喝。山本劝阻道："差不多就行啦。"

简单地道别之后，真纪和弥生走向大路那边，准备打出租车回去。山本看着一直不肯放开电线杆的阳奈子，手足无措地喊了她几声。真纪走出二十多米之后，忽然停下来，对弥生说：

"你在这里稍等一下。"

弥生点点头。真纪转过身，裙摆轻摇地走回小酒馆前。山本回过头，脸上流露出一副正为阳奈子的丑态而不知所措的表情。——之前两人短暂交往时，真纪最喜欢的就是他的眼睛。

"老板娘可能明天还会再喝的。如果后天还继续喝的话，你就要劝阻她。"

山本的目光在真纪的肩头游移不定。阳奈子仍然背对着他们，抱住电线杆不放。沉默了好一会儿，山本的视线才落在真纪的眼睛上。

"好的。对不起，让你费心了。"

山本低头鞠躬。这时，在他身后的阳奈子扭过头来，朝他吐了吐舌头。真纪忍住笑，转身走向正在拐角处等着的弥生。

“老板娘没事吧？”

“没事的。她根本就没喝醉。”

“原来如此。她一定是喜欢山本部长吧？”

真纪看着这个二十岁女孩的侧脸，心想：这个女孩子，光用“故作老成”恐怕不足以形容了吧。弥生感觉到她的视线，腼腆地笑了笑。真纪也报以一笑。

等了好久也没见有出租车经过。浓雾消散的大街上，开始吹起冷飕飕的秋风。真纪抬头仰望着在高楼之间眨眼的星星。这时，弥生平静地开口说道：

“高中毕业后，我进了美容院实习。那里面的实习生分各种级别的：进修生、实习美容师、美容技师等等，人数也很多。老板规定说美容技师和进修生一定要男女搭配，否则怕同性之间容易出现争吵。有的女孩子被欺负了，辞职走掉了，他们也不管。反正你走了还有别人会来。”

花楸树的细小叶片旋转着轻轻飘落。真纪低着头，等弥生继续往下说。

“好不容易熬到能给客人洗发了。有一次，老板借口说晚上还有课，让我留下来。结果我也遭遇了和那些女孩子一样的不幸……当时，我逃进服装室里，把店里的镇山之宝——千代野师傅做的和服罩衫弄破了。过后，我上门去拜访千代野师傅，想请她帮忙修补。千代野师傅让我说清楚事情经过，否则就不肯帮忙。无奈之下，我只得说了。师傅就问我：‘你宁愿吃这样的苦也要当美容师？’我一时回答不上来。于是，师傅说道：‘你要是觉得不甘心的话，那就用这根针报仇吧！’我听了顿时喜出望外。”

弥生又腼腆地笑了一下。真纪深深地吸了一口气，又慢慢地呼出来。

“用一根针来当武器？那简直就是一寸法师[1]嘛。”

真纪头一次听见了弥生的笑声。

十月末，初雪纷飞的午后，有两个邮包送到了岛田和服裁缝店门口。寄件人署名为“千代野”，但寄出地址却远在道南地区——是千代野女儿的住址。打开包裹，其中一个是曾经熟悉的千代野的裁衣板，另外一个是桐木箱，里面装着两件和服礼服，衣身上隐隐闪现出金绿色的光泽。看样子，绛紫色那件是给真纪，朱红色那件是给弥生

1 一寸法师：日本古代民间传说，讲的是身材矮小的一寸法师以针为剑、驱鬼降妖的故事。

的。两人翻遍了包裹，却没找到任何信件。真纪拿起礼服，感觉沉甸甸的。这是上等的真丝绸布。

展开礼服一看，只见背上绣着千代野最喜欢的樱花。

夏天的山脊线

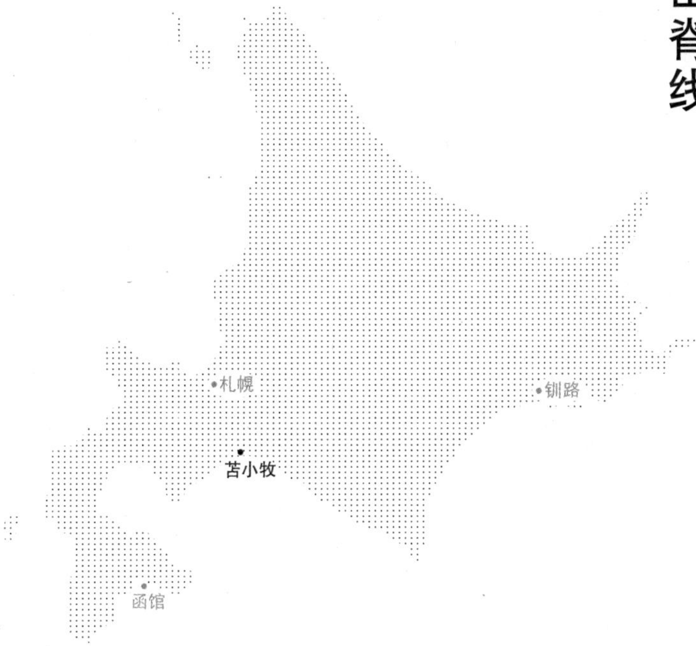

北海道紫丁香花开、乍暖还寒的时期已经过去。六月的暖暖夜风吹过洒满月光的牧草场。牛棚里养着六十头奶牛，非常拥挤。久保京子挤完晚上的最后一批牛奶后，把牛棚铁闸门拉下一半。每当抬头仰望浮现在牧草场远处的湛蓝色的山脊线时，就会感觉到一整天的疲劳牢牢抓住了她的肩膀和后背。

京子二十二岁那年嫁到久保家，之前她在这里参加农业研修实习。如今，第九个年头的夏季即将开始。至于当初离开东京的理由，她对外说是“想趁年轻时多积累一些经验”，而绝口不提她在东京求职受挫的事。

说实话，她本打算只在这里待一年，把脸庞晒得黑黝黝的就回到父母身边去。两年前，父亲去世了。父亲生前一直以为，女儿是因为有远大志向才远赴北海道投身奶酪畜牧业。这是唯一让京子感到欣慰的。

刚嫁到村里的第一年，京子过得舒心惬意——四季分明的气候，辽远的天空，村里人的温馨，新开始的爱情……直到她生下女儿为止。得知她生下的是女孩时，婆婆阿泷的态度突然变了。

“你还得再加把劲生个男孩哟。”

京子刚生下女儿还歇没几天，泷婆就对她这么说。和蔼的伯母变成了婆婆，敦厚的丈夫变成了婆婆的好儿子。

干完一天的农活，从牛棚往家方向迈出第一步的时间，逐年变长。因为经常半弯着腰干活，所以晚上挤完牛奶时，她的腰就会累得“嘎吱”“嘎吱”作响。她轻轻伸了一下懒腰。牧草场的头一茬牧草每天长高五六厘米，散发出日渐浓烈的气味。快到收割牧草的季节了。多年前，收到父亲的死讯时，这里也弥漫着同样的气味。

看着月光照亮的山脊线，京子想起了昨晚母亲在电话里说的话。当时，她趁着泷婆洗澡，给母亲打了个电话。母亲说：

“房子太大了。我每天都在想，要是你和真由都在家里就好了。”

自从回东京参加父亲的葬礼之后，京子就再也没有带真由回去探望过母亲了。母亲大概是因为看了外孙女的小学入学照片而越发想念吧，所以最近每次打电话都说感到孤独，甚至还哭着哀求道："我要求也不多，只是希望至少扫墓的时候大家能一起去吧。"昨晚京子打电话给母亲，就是想回复说实在没空回去扫墓了。

去年的这个时候，京子恳求丈夫让自己回去参加父亲的一周年忌日法事。丈夫只是淡淡地说："你跟我妈打声招呼就行。"可是，京子跟泷婆说时，泷婆却面露难色。

"我膝盖疼。可别指望我干农活啦。要雇短工的话，今年又得亏本咯。"

从播种时节开始，泷婆就一直拖着脚走路，直到京子答应不回娘家才恢复正常。今年估计也和去年一样。既然如此，还不如干脆就不开口。

京子沿着牧草场旁边的小路慢慢走回家——家就在前面五十米远的地方。

她站在拉门前面，深呼吸了一口。被夏日飞虫残骸弄脏的大门玻璃上，趴着一只身长近十厘米、展开青白色翅膀的大飞蛾。大概是被灯光吸引来的，却像一直窥伺着屋里似的。京子猛地拉开门，大飞蛾慢慢地往屋檐方向飞走了。

京子脱下工作服，走进厨房。平时很少吃油腻东西的泷婆正准备做烤肉。比京子早一步回到家里的丈夫一也已经在喝着罐装啤酒。他那晒得黑黝黝的脸上因醉意而变成了红黑色。

女儿真由跑过来。她露出两只大大的恒牙，口齿不清地说："刚才我用筷子敲盘子，被奶奶骂了。"

"一点儿家教都没有。"

泷婆把盛着牛肉的盘子重重地摔在桌上。一也对厨房发生的事情毫不关心，顾自盘腿坐在电视机前喝着啤酒。京子轻轻地摸了摸女儿的头，然后从楼梯下的储藏室里取出煤气炉和铁板。

"喂，快吃吧。你们还年轻，得多吃点儿。难得今天奢侈一下，烤五花肉。"

一开始烤肉，泷婆就立刻变得快活起来。这五花肉并不是京子之前屯买的便宜货，而是今天泷婆坐外甥的车外出时在农协小卖部买的。今早，泷婆好像说要去看望回娘家生孩子的外甥媳妇。

"我好久没看见过刚出生的小孩啦。小小个的，真可爱。"

泷婆笑得满脸皱纹。

"男孩还是女孩？"

一也问道。泷婆把身子探过来，说：

"你阿婆老是跟我埋怨，说这外孙倒是个男孩哩，但亲孙却净是孙女。她又安慰我说'你幸好有几个儿子，没事'。不过，咱也不能落后于人呀。差不多是时候让我抱第二个了吧。"

一也装作没听见，夹起一片烤好的五花肉送进嘴里。京子边摆弄筷子边低下头，以免话题扯到自己身上。

"真由也想要个弟弟吧？"

泷婆说道。

真由听了奶奶的话，天真地点了点头。泷婆得意地微笑着，把脸转向京子，压低嗓门说道：

"两人住在一起这么长时间也没怀上，肯定是你的问题。"

"妈，也不能这么说。"

一也插了一句。

"什么呀，都生过一个了，说明不是你的问题。"

一也没有再吭声。泷婆的语气变得严厉起来：

"去医院看看吧。这么下去的话，你也觉得没脸见人吧。咱这儿可是本家[1]哟，找了个不会生男孩的媳妇，

---

1 本家：门族、本族的嫡系。

怎么对得起那死去的老头子呢？我是为了你好才说这话的。”

来此地开荒的第一代人，据说是从德岛[1]流落到这里的人贩子的小儿子。泷婆对于祖上的阴暗历史绝口不提，而只说靠种植小豆发家致富之后的事。那些见不得光的过往，京子大都是从村里那些和泷婆同辈的女人们那里听说的。京子本来对流言并无兴趣，只随口附和两句，不料村里却忽然传起了关于她的风言风语。

“今天我跟青山老师去捉虫子玩了。”

真由说了一句。泷婆听后，视线从京子脸上转移到铁板上的烤肉。她夹起一块烤得有点焦黄的肉。

“听说这老师很受欢迎啊。我见过他一面，人长得挺不错的，一看就像城里人。但愿不要跟村里哪家媳妇搞出什么事就好。”

泷婆说见过青山，大概是指他五月份来家访的那次吧。那次，西装革履的青山刚走，泷婆就走进屋里来，笑着说道：

“在咱村里，凡是女人当上了老师就一定会怀孕，而

---

1 德岛：位于日本西南部，四国岛的东部。

男老师，又肯定会跟哪家的年轻媳妇搞出点儿事情。”

每次有客人上门——无论是农协的饲料送货员也好，兽医也好，泷婆都会马上走开，留下京子和来客独处。后来，还是泷婆的妹妹偷偷告诉京子，说其实泷婆经常一边在外面除草，一边窥视着屋里。

这位年轻老师是札幌人，大学刚毕业就来村里教书了。入学典礼当天，他向大家致词。一张稚气未脱的脸绷得紧紧的。

“我叫青山。自从我立志当教师以来，就一直梦想着去偏僻乡村教书。”

这位札幌来的小伙子虽然个头矮小，但他的结实肩膀、一头短发和雪白的牙齿给大家留下了好印象。全校学生共有二十人。真由所在的班是多年级混合班，一年级新生有两个人。

年轻老师的话语像是一阵吹进村里的微风。从他赴任的第一天起，对他的赞扬声就传遍了村里。大家都说：如今，像青山这么年轻有为的人不多见了。

那次家访，青山一边看着预先填写的调查表，一边略显紧张地对京子说：

“真由好像很在意自己的母亲是东京人这事吧。我平时留意到：她跟朋友闲聊时，会故意用这里的方言，但和我说话时却不太一样。”

这村里的第一代开荒者几乎都是东北地区出身的，所以他们说话时带有浓重的口音，用词也很特别，和北海道方言有些不一样。不难想象，京子不在场的时候，大家提到她时都会说“那个说东京话的媳妇”如何如何。虽然她嫁到村里来已经九年，但直到今天，从着装到说话的各个方面还是会成为村民们的谈资。

“我到现在还是只能说成这样，真由也许只是在模仿我吧。谢谢您的关心。”

一想到泷婆可能在屋外窥视，京子便回答得十分简短。她不愿将女儿的孤独感归咎于自己，但又不愿意为此而矫揉造作地模仿泷婆和丈夫的腔调说话。

晚饭后，泷婆回到位于储藏室旁边的自己的卧室。一也给真由洗过澡后，也回到二楼房间。京子收拾完碗筷回到二楼时，真由已经呼呼大睡。

二楼这个十平方米的房间是京子他们的房间。这房子建于四十年前，如今已经破破烂烂了，到处都有风从缝隙透进来。他们本来计划要进行大装修或重盖新房，但最后都因为泷婆的反对而不了了之。泷婆说：“住进新房后就要看媳妇的脸色过日子。”从那之后，就没人再提起房子的事了。

京子刚关上房门，一也就嘟囔着说：

“快过来呀。”

这一个月以来，京子总是以身体疲劳为由拒绝丈夫。

湿润的夜风从歪斜的窗格子吹进来，吹得窗帘下摆慌张地摇动。仿佛有人在黑暗中偷窥房间里的情形。

“让你快过来嘛。”

一也的声音低沉而嘶哑，还带着几分焦躁。他怕说话声音太大，会把女儿吵醒——女儿就睡在床铺的另一端。

怎样才能应付过去呢？京子正考虑如何回答时，一双手已经伸了过来，抓住她脚踝，往上一拽。站在床铺旁边的京子一下失去平衡，倒在一也身上。京子扭动着身体，想躲闪开。铺席下面的地板发出“嘎吱”声响。

“快舔一下。”

京子的头部被紧紧地按着往一也的小腹移动。泷婆的卧室就在楼下。京子用力把头扭开，甚至不顾头发被拉扯掉。

“求求你，等明天吧。”

“你说什么？”

“今天就请原谅我吧。”

一也长叹一口气，放开了京子，然后继续保持躺卧的姿势，穿上短裤。

“你可能误会了吧。我是看见我妈老说你，才可怜你的。要是努力一把，说不定能再生一个。这样，你的压力也能减轻一些。”

京子瘫软无力地坐在被月光微微照亮的窗边。她知道，一也说的是大实话。当初，她就曾深深地喜欢上这个有一句说一句的耿直男人。

“你真的想再生一个吗？”

“这有什么奇怪的。难道你想让真由孤零零的一个吗？”

“这是你自己的主意，还是你妈的主意呢？”

一也移开视线，把被子拉到胸前，随即背过身去。

第二天，一也又再次相邀。无奈之下，京子只得答应了。两人的身体互相叠在一起。丈夫的脖子散发出一股怎么洗也洗不掉的牧草和牛的气味。京子在丈夫的身体下计算着自己的生理周期，她不想再怀孕。她故意把地板压得“嘎吱”作响，以便让在楼下偷听的泷婆听见动静。

次日一早，泷婆显得非常高兴，甚至有些吓人。早上喂过牲口回到家时，她竟然主动跟京子搭话，聊天气，聊家长里短。一也并没理她，只是说了句“我出去检修一下拖拉机”，然后就出去了。只剩下泷婆和京子面对面地坐在厨房的餐桌旁。这时，泷婆笑得更灿烂了。

“我说，你们俩要是想再生一个的话，就得选对日子哟。不过，夫妻恩爱总是件好事。”

京子微笑着回答说：“下次按您说的做。”她从透光的小窗往外望去，只见空中飘浮着仿佛用毛刷刷过似的薄云。云的形状逐渐变化，撕裂成碎片。

“我出去采购东西啦。”

京子站起身，出门去了。她每周要去一趟五十公里外的邻镇的大超市采购东西。其实，离家十公里处的市区就有个农协小卖部。可是，店长、收款员、副食品柜台的钟点工，全都是熟悉的面孔。在村里，从晚饭的菜肴到当天的着装都会成为邻居们的谈资。

京子说：“固定每周外出采购一次的话，会比较有计划性。”她以此说服了泷婆和一也。这几年来，每周一次外出采购时抽空独自兜风成了她唯一的慰藉。

大超市有个宽敞的停车场，平时中午也很冷清。展示厅那一层正举行春季衣物大甩卖。京子挑了一件适合真由穿的黄色针织衫，放入购物车。无意中，她发现自己身上穿着的衣服袖口绽线了。这件衣服已经褪色，记不清穿过多少年了。每次京子买了自己的东西回家，哪怕只是一件内衣，泷婆也会两眼放光地审视一番。长期以来，婆媳相处的日子就是这么一回事。店里播放的背景音乐跳到了下一首陌生的歌曲。京子挺直腰板，从摆满特价衣服的衣架上取下一件标价一千日元的棉衬衫。

京子把装着罐装啤酒的箱子、鱼和冷冻食品塞进车里。后备箱一下被填满了。京子把容易损伤的东西收进保温箱里，然后关上后备箱。每周一次的散心活动已经过去了三分之二。往返于家里和超市之间的车程，再加上购物时间，最多不过三个钟头而已。广播电台播放的歌曲全是关于夏天的。清晨还模糊不清的弯弯的山脊线，此时正沐浴着阳光。

回到家时，只见家门口搁着一双沾满泥巴的深蓝色劳动布袜。布袜上到处都是磨破的小洞。根据这布袜的破旧程度，京子立刻能猜出来：这双布袜的主人是福岛。肯定又是泷婆拉着人家在闲聊了。

村里没有锁门外出的习惯。所以经常出现这种情况：即使家里人都出去牛棚或田里干活，没人看门，别人也能随便走进家里来。

京子至今还记得自己刚嫁到村里时，有一次外出回家，本以为家里没人，结果却看见福岛慢吞吞地走出来，不禁大吃一惊。

“我看你家里没人，所以才进屋里给你家看看门。想不到竟把你家媳妇吓得尖叫。我还是头一回碰上这种事。”

福岛愤愤不平地说。泷婆劝道：

“我家这媳妇是从东京来的，什么都不懂。你不要跟她一般见识。我会好好说她的。这事请不要告诉别人，拜托了。”

后来，京子外出时锁门的事让别人知道了，很快村里人就议论说：“那一家跟邻居太生分了。”这时候，泷婆就必须尽快主动地散布传言，意欲冲淡他们对自家的指责，而流言的内容不外乎是某某又做了如何的错事，这某某，当然就是京子。

“我回来啦。”

京子走进大门，一边向屋里打招呼，一边卸下采购回来的东西。泷婆快活地应了一声。来客果然是福岛。京子不太喜欢这个五十岁左右、有点神神叨叨的大叔。

福岛深深地坐在满是裂纹的黑色皮沙发上，脑袋往前点了几下，算是跟京子打招呼。矮桌上放着一个用作烟灰缸的空咖啡罐，还有一盒皱巴巴、软塌塌的Mild Seven牌香烟。泷婆盘腿坐在他对面。

福岛说了句“好久不见”，声音洪亮有力，和他满脸疲惫的样子有些反差。他默默地微笑着，从头到脚地来回打量着京子，仿佛在给一件商品评级。京子轻轻地点头行礼，然后把买回来的东西搬进厨房，放入冰箱。

福岛本来是外地人，偶然经过村里，后来就在一户弃农的人家住下来。他靠在农忙时给农户打短工糊口。至于他以前是做什么的，出身和身世如何，无人知晓。大家甚至连他的准确年龄都不知道。他那因干农活而被晒黑的皮肤油光发亮，满头白发显得脏兮兮的。不过，村里人却很器重他，因为他擅长给公牛做阉割手术。如果通过农协请兽医的话，办手续和约时间都很麻烦。而拜托福岛的话，能节省一半费用，而且还省了申请手续之麻烦。

福岛只用一把安全剃刀，转瞬间就能把公牛的睾丸割下来。因为没有使用任何药物，所以术后需要老牛给它舔伤口治疗。要论伤口恢复时间的话，由福岛施行手术倒比请兽医愈合得更快。——村里人都这么评价。

这六个“终止”的故事都发生在北海道

插画作者：徐辰衣

"今天请福岛大叔过来，给牛棚左边那三头叫得最凶的牛做了手术。"

泷婆说着，快活地瞟了一眼福岛。

"是呀，小公牛一发春，从早到晚都叫个不停呢。"

"年轻就是好啊。"

两人在京子背后嘀嘀咕咕地说笑着。

两天后的星期六，天空晴朗。这天是新任教师欢迎会，小学校舍前举办了烧烤派对。京子也参加了，帮忙烧炭。无论家里有没有小孩在念书，村里人都放下手中的农活，前往参加。大人的人数倒比小孩多出好几倍。各种远房近亲围成大大小小的圈子，举酒畅饮。

京子和咲子两人开始往事先准备好的铁桶里添炭生火。她俩的小孩都刚上一年级。其他母亲对京子则一如往常地采取远远围观的态度。咲子穿着麻灰色T恤和橙色针织衫。她一看见身穿旧牛仔裤加衬衫的京子时，不由笑道："城里人就是不管穿什么都好看。"京子含蓄地笑了笑。像咲子这样快人快语，倒令人感觉自在。旁边炭炉周围的母亲们打住话头，互相使个眼色，便背转过身去。

"你别往心里去。她们是因为羡慕你才这样的。"

“有什么好羡慕的？”

咲子讨好似的笑了笑，然后拿起扇子对着炭火扇起来。这时，戴着劳动手套的青山捧着一袋木炭走过来。

“放一袋在这里备用。你们两人搞得定吗？”

这位年轻教师身穿白色短袖衫和牛仔裤，看上去十分整洁。

咲子大声回答：

“我这双手可是每天劳动锻炼出来的。你好好看看嘛。老师，你是今天的主角，得去大老爷们儿那边喝一杯呀。”

“唉，我不太会喝酒……”

话音未落，咲子已经捋起T恤袖子，露出两截圆滚滚的胳膊给他看。没有刮毛的腋下也一览无余。

咲子龇牙咧嘴地大笑。青山腼腆地低下头。周围的母亲们也快活地哄笑起来。

炉子里的木炭已经开始烧得火红。青山走到另一个圈子里，同样又遭到一番嘲笑。聚集在校舍前的村民们若无其事地把视线投向这位年轻教师。京子和咲子两人把牛肉和蔬菜间隔着扎成串，摆放到炉面的铁丝网上。旁边炭炉的铁板上也开始摆上了炒面和芋头丸子。

咲子一边翻动烤串，一边对京子小声说道："喂，听说最近有的学生母亲去操场旁的教师宿舍给青山送吃的呢。"她还说谁和谁互相碰见了，谁又厚着脸皮闯进老师宿舍里，说得煞有介事，仿佛她亲眼所见似的。

"京子，你也去送一次看看呗。"

"有机会再说吧。"

"你又来了，难怪别人要说你喜欢端着呢。"

说着说着，咲子忽然压低嗓门，指着在另一炭炉边搅拌炒面的真由美，小声说道：

"听说呀，她在老师宿舍门口假装摔倒，一下扑进人家怀里呢。真不愧是初中刚毕业就生孩子的人。"

看样子，咲子肯定又要再讲一遍关于真由美生孩子引起的一连串骚动了。见京子没吭声，咲子一本正经地连声说道："这事可是真的。"

京子心想，说不定在宿舍门口假装摔倒的是咲子你自己吧。为了掩饰叹气声，她提高语调说道："这也没什么呀。"

"京子，那老师刚才一直看着你呢。"咲子说道。

京子把烤好的串移到一边，随口敷衍着。咲子连声说道："我可没骗你。"京子没吭声，把新烤串摆放到铁丝网上。

“唉，你真的是不善交际。”

咲子向旁边圈子的母亲们打了声招呼，随即立刻加入了她们的闲聊。太阳从高处照射下来，晒得人脖颈发热。京子把衬衫的领子竖了起来。

把烤串分到小孩子们递过来的铝盘里后，铁丝网上已经空了。京子看看孩子们走开了，就用铁钳移开铁丝网，从袋里取出新木炭，扔到炉底的炭灰上。

炉底迸发出干裂的声音，火星四溅。一小块烧着的木炭碎片弹到京子卷起的衣袖上。京子急忙拍掉它。这时，左边袖口隐隐发出一股毛发烧焦的气味。她感到左臂发麻，不由蹲下身去。青山最先发现了炭炉边的异常，立刻跑过来。转瞬间，人们纷纷围拢过来。“先冷却！”“水！”……大家七嘴八舌地叫嚷着。

青山从口袋里掏出手帕，递给京子。京子接过来。一看手臂上，灼伤处呈直径约三厘米的圆形，皮肤已经皱起。伤口周围，几个细小的水疱开始膨胀起来。

京子看着伤口，却并没感觉到疼痛。校长叫道：“快送医院！”青山自告奋勇地说自己没喝酒，能开车，随即冲向校舍旁边的宿舍去取车。

京子坐进银色的休旅车，感觉像蒸笼一般闷热，汗水直往外冒。水疱比刚才又大了一圈。她拿起右手攥着青山的手帕，擦掉额头上流下来的汗水。

车在市区的私人诊所前停下来。星期六的营业时间已经结束。青山按下医生居住层的门铃对讲机，说明了情况。老医生和妻子一起出来接待。诊所的破旧走廊上，塑料制的地板革斑驳剥落。在走向诊室途中，京子脚下的拖鞋多次被勾住。到诊室后，满头白发的老医生一看伤口，就皱起眉头，说道："很严重啊！"

老医生切开水疱，给皮肤灼伤的患处涂上药膏。然后，他妻子给伤口裹上纱布和油纸，再缠上绷带。老医生一边往病历本上填写圆溜溜的文字，一边自言自语地嘀咕道："可能要做皮肤移植吧。"然后，他把三天分量的抗化脓药和止痛药放进药囊，递给京子。

"今晚应该会很痛，所以要记得吃止痛药。诊费嘛，平时工作日再来付吧。这几天要来复诊哟。"

京子简单地道了谢，然后走出诊室。坐在长椅上的青山站起身来。在送京子来诊所的途中，青山一直绷着脸，一句话也没说。但当他看见京子胳膊上缠着的绷带时，脸上不由露出了担心的神色。

“怎么样？”

“只是灼伤而已。”

“伤口挺深的吧？对不起，都怪我请你来帮忙烧炭。”

“跟你没关系啦。”

走出诊所大门时，又见到热辣辣的阳光照晒下来。周围响起急性子的蝉的“嗡嗡”振翅声。连绵不断的群山的山边映入眼里。平时像高墙一样挡在牧草场前方的山脉，原来也有界限。

回到家里时，泷婆显得特别恼火，大概是已经听说了事情经过吧。真由盯着妈妈胳膊上缠绕着的崭新的绷带，说道：

“咲子阿姨说你能坐上老师的车，好幸福啊。”

一也从客厅走出来，站在泷婆身后，默默地看着京子的胳膊。

“对不起。应该不会妨碍干活的。”

“你为什么非得说这种话呢？没人提干活的事嘛。”

头一茬牧草已经收割完，进入七月份了。气温每天持续上升。光秃秃的牧草场又重新长出草来，变成了深绿色。南风开始吹过来，裹挟着热气，摇晃着第二茬牧草的叶子尖儿。

接下来一段时期，要忙于撒肥料、修整田地等农活，直到收割完甜菜和小豆为止。一整天的疲劳感，很难在当天消除。对于京子来说，干完活后在牛棚前仰望星空的时间也减少了。胳膊上的伤口每天都隐隐作痛，还没有痊愈，大概是因为天气炎热的缘故吧。

最近，一也晚上挤完牛奶后有时还会外出。这一周就出去了两次。夜晚可玩乐的地方，应该是位于市区的五家酒吧的其中一家吧。一也报了几个老同学的名字，然后就出去了，到凌晨才回来。对于丈夫的话，京子当然并不是全信，但她也不想郑重其事地去核实。让她感到最郁闷的，其实并不是丈夫对自己逐渐变得冷淡，而是她发现自己对丈夫的行踪根本就提不起兴趣。

这天晚上，又热又累，感觉连电视屏幕也看起来模糊不清。一也洗完澡后，说要去一个前辈开的酒吧。这次是个陌生的名字。

“知道了。请慢走。”

浑身疲劳的京子强打精神说道。不料一也却突然变了脸色，大摇大摆地走上前，伸出被太阳晒得黑黝黝的双手，紧紧抓住京子的肩头。

“你再说一次！你再说一次‘请慢走’！”

一也狠狠地瞪大了血红的双眼。沉默不语的京子被一把推到墙边。

直到一也摔门而去过了几分钟之后，京子才想到：也许我应该假装担心的，哪怕不是真心话也好。当晚，泷婆一步也没离开自己的卧室。

京子上了二楼，躺在床铺上，感觉肩膀一阵阵疼痛——刚才被一也推开时，肩膀撞到了柱角。这时，在隔壁房间准备着明天的课本的真由打开了房门，哭丧着脸说：

“妈妈，图画手工课要用的折纸没有了。”

“什么时候要用？”

“明天。”

京子拿过枕边的闹钟一看，九点刚过。这么晚还没关门的，只有市区那家新开的便利店了。

“好的，妈妈给你准备。你先睡觉吧。”

真由下楼去洗手间。京子急忙脱下运动外套。经过瞬间的犹豫之后，她迅速地换上新买的内衣。然后穿上紧身牛仔裤，上身披了件还残留着洗衣液香味的衬衫。

涂上唇膏，京子顿时感觉内心平静下来。她把洗干净的青山的手帕塞进牛仔裤口袋里。

从便利店回来时，京子的车没有拐入回家的路。经过小学校舍前，驶入了一条狭窄的农用小路，在拖拉机下田的入口处停下来。因为坡度很陡，从外面公路完全看不见这一块地方。青山就住在离这里不到五十米远的一栋平房教师宿舍。京子下了车，仰望夜空。高高的天空上，缺了右半边的月亮散发着青白色的光芒。

京子眺望着眼前一大片麦田。麦子在月光下互相触碰着彼此沉甸甸的麦穗，发出类似于衣服摩擦的“沙沙”声响。京子解开衬衫的第二颗纽扣，确认了一下口袋里的手帕，就沿着被月光照亮的小路往前走去。

那天送京子去医院的休旅车就停在大门口。京子站在破旧的大门前。窗口微微透出室内的光亮。京子按响门铃。天气不冷，但她却感到胸前和侧腹直起鸡皮疙瘩。左胳膊的伤口隐隐作痛。

门打开半边，青山探出头来。京子也不会说什么客套话，只是从口袋中取出手帕，递了过去。

“这个还给你。谢谢了。”

青山的视线从京子胸前掠过。京子感觉到皮肤绷得紧紧的，直起鸡皮疙瘩。

“进来吧。”

青山接过手帕。他的目光略带几分润泽。京子心想：既然选择这个时候上门，就没什么好迟疑的。这位年轻教师并不如想象中的那样纯朴。京子顺手关上了门。门的合页发出了“吱呀”声响。

穿过短短的走廊后，很快来到收拾得整整齐齐的与厨房相连的客厅。一股柑橘味古龙水香和旧房子的霉味混合在一起。面向操场的阳台纱窗上趴着几只飞蛾。趴在最左边的，是一只白色的大飞蛾。

客厅里摆放着液晶电视机、简单的音响器材、藤制的沙发和桌子。墙上贴着小学的年度活动计划表。不过，最吸引京子注意的，还是摆在桌上的一瓶喝了一半的罐装啤酒。

“老师，原来你能喝酒呀？”

“噢，对不起。我听人说，在这村里，如果让大家知道你能喝酒的话，就会比较麻烦。所以我决定，和村里人互相来往应酬时，原则上是不喝酒的。”

青山右边嘴角向上扬了一下。

“你说过，一直梦想着去偏僻乡村教书。”

“当着大家的面，不这么说的话，以后就会很麻烦呀。当时我面临两个选择：要么找不到工作失业，要么来这里待两年。”

青山拿起啤酒罐，把剩下的啤酒一口气喝完。

“我听说，经常有学生的母亲这么晚了还上门来找你。”

“前几天校长也这么说。我倒想问一句：谁来过了呢？”

青山向前走近了一步。京子想往后退，但还是努力站稳脚步，像挑衅似的抬头看着青山的脸。青山的身体传来一股轻微的汗味。他那润泽的目光变得令人生厌。

“我回去了。你能喝酒的事，我不会告诉别人的。”

青山从鼻子里发出哼的一声，不满地噘起嘴唇。京子心情舒畅地回到车上。风向变了。

第二天，京子到田里巡视完后，回到家门口。正解开遮阳帽的带子时，泷婆忽然冲出门外来，一脸愤怒，扯开嘶哑的嗓子叫嚷道：

“看看你干的好事！”

京子身上还穿着工作服，里面的衣服全都被汗水湿透了，贴在皮肤上。她拼命冒汗，除了因为天气热，也许还有别的原因。她摘下帽子，汗涔涔的一束头发垂落在额头上。泷婆叉开腿站着，俯视着走进家门的京子。京子看着泷婆那布满血丝的眼睛，不由摆出应战的架势。

“我早就说了嘛。全都怪你。都是因为你不懂得体贴人，现在才闹出了这种事。你这蠢货，每次每次都只像个木头人似的。要是你懂得叫几声讨好一下你男人，现在也不至于闹成这样。”

福岛从客厅探出头来。

“噢，太好了，太好了。跟你家婆婆怎么说都没用。你回来可就太好了，彼此都省事。太太，拜托你了。”

“怎么回事呀？”

“你男人借了我的钱。欠债这事儿不管在城里还是在乡下还真一样啊。三万，你只要把钱还给我就行。你这婆婆，只知道哭个没完，我跟她怎么说都说不明白。”

“借钱？借来干什么呢？”

泷婆上气不接下气地叫嚷道：

“借钱出去找五十岁的女人！一次要一万，这婆子还真把自己当什么人了，简直是欺负人！”

一也是去找住在村头的一个寡妇。京子以前曾听咲子说起过，当时也只是半信半疑。村里的男人轮流去找这个寡妇，然后给她钱或东西。她就靠着这个过日子。

京子回想起来，咲子曾语气暧昧地说：

“如果屋里来了男人，那寡妇就会在门口系一条红绳子。”

京子原以为，这些多半都是咲子编造出来的呢。她用袖套擦了一下额头上的汗。

京子从泷婆身旁走过，从厨房的碗柜里取出一个钱包——里面的钱是用作生活费的。抽走福岛索要的数额后，钱包里就只剩下一些零钱了。

“你拿了钱就赶快走吧。”

福岛接过钱，塞进工作服胸前的口袋里。一也这事大概已经在村里传开了吧。京子也明白，福岛干的这事，其实就跟设仙人跳骗钱没什么两样。村里的异物，存在时间长了，也自然有其一席之地。忽然间，青山的面孔浮上心头。

福岛回去了。泷婆却还在不依不饶地又哭又叫。过不一会儿，她又像念咒语一般地反复念叨着同一句话：

“这下可完了，一辈子都会被人指指点点了。都怪你。你看看现在怎么办！”

京子在绷带外面套上塑料薄膜，用浴缸里剩下的热水洗头、洗澡。洗完后，慢慢地走出浴室。确定门外没人后，就快步跑上二楼，迅速地穿上T恤和牛仔裤。往外走到大门口时，她对泷婆说道：

“我去一趟诊所。回来时顺便去农协取点钱。”

泷婆没有回答。京子把车窗全打开，踩下油门。沿路的牧草地上，间距相等地摆放着新扎的牧草垛。大概是因为近来天气稳定，大多数人家已经收割完并晒干了牧草。

在诊所更换药膏和绷带后，京子在农协窗口申领了二十万日元。农家的生活费是通过一本“合作社账簿”进行结算的。只要数额在房产和农作物担保额度范围内，都能从农协取钱用作生活费。说是“取钱”其实不太准确，因为大多数时候都是“借款”。

甜菜和小豆的收入是一年一次。有时碰上当年收成不好的话，还可能出现严重亏损。而光靠挤牛奶虽然难以维持生计，但却是唯一稳定的收入来源了。

二十万日元，有时可以撑一个月，有时半个月就花完了。如果摊上红白喜事，转眼间钱包就会瘪掉。无论手头如何拮据，泷婆封红包时也从来不会比别人少。丈夫为了去找五十岁妓女而欠下的钱，止不止这三万日元呢？比起丈夫的行径，比起泷婆的恶言恶语，京子更在乎的是钱包里的钱。

在窗口接过存折和现金时，京子忽然看见柜台边放着一叠旅游宣传册——是农协策划的旅游项目，从苫小牧市乘渡轮去往八户市[1]，行程为四天三夜。宣传册旁边摆放着几份渡轮时刻表。京子数完钱后，顺手拿了一份时刻表，回到车上。

京子坐在驾驶座，翻开介绍从苫小牧市出发详情的页面，“凌晨五点”几个字映入眼帘。她的心里不由一阵激动。她把对折的时刻表塞进牛仔裤口袋里，然后开车回家。

夕阳透过防风林照射过来。车从一排排树木旁边驶过时，她眼里浮现出一帧一帧的电影画面。她仿佛看见自己正驾车离开村子，驶向轮渡码头。

当泷婆发现我和真由不见了时，她会怎么办呢？她一定会想尽各种办法防止事情张扬出去吧。不过，消息一定会不胫而走。然后，再通过到各家串门的福岛之口，传得真假难辨……青山会怎么想呢？

1　八户市：日本本州岛东北部城市。

不难想象，村里人会嘲笑泷婆说："看你家还敢娶东京的媳妇，活该！"泷婆会感到懊恼，哭泣。一也又会怎么样呢……想到这里，京子的愉快畅想暂时被打断了。思考一也会愤怒还是悲伤，对自己的逃跑并没有好处。

长期以来，京子竟然没有意识到，自己随时可以带上真由离开村子……

京子一回到家，就跑上二楼房间，从壁橱里拽出旅行袋——她当初作为实习生来到这个家里时就带着这个旅行袋。她拍掉格子花纹上随处可见的蜘蛛网。

轮渡出发时间是凌晨五点。提前两小时办理乘船手续。这两个数字牢牢地印刻在脑里。京子把瘪瘪的旅行袋的隔板拉起来，把时刻表放进去。然后，她把自己和真由的换洗衣服塞满整个旅行袋，再放回壁橱里。

第一学期毕业典礼的当天。从一大早开始，气温就持续上升，直到太阳落山后还没有降到三十度以下。这是今年的第一个热带夜[1]。当晚，大家坐在饭桌旁吃荞麦面。看样子，一个个都似乎没什么食欲。饭桌上很沉闷，只有

1　热带夜：最低气温在摄氏25度以上的炎热夜晚。

一也摇扇子的声响和泷婆倦怠的叹气声。

京子开始收拾碗筷时，刚上了二楼的一也穿着牛仔裤走下楼来。泷婆急忙站起身，慌里慌张地开始收拾起客厅来。

京子一边洗碗，一边注视着眼前的玻璃窗——上面映照出客厅里的泷婆和一也。

过了一会儿，泷婆朝京子的背影看了一眼后，拉开碗柜抽屉，取出那个放有几天生活费的钱包，从里面抽出一张纸币。然后她又看看京子的背影，随即向一也招了招手。她把折叠着的纸币塞进儿子的手心，然后挥挥手，似乎是让他快点儿走。

一也没有朝京子这边看。他从母亲手里接过纸币，把它塞进牛仔裤的后袋里，快步走出去，坐上那辆农用小卡车。

“请慢走。”

京子对着从窗外横穿而过的车头灯小声说道。车开走后，玻璃窗上映照出她自己的脸。“请慢走。”她又说了一遍。她的嘴角微微上扬，第一次流露出一副貌似幸福妻子的表情。

“我去睡觉啦。这天气真是热死人了。”

泷婆说完，往嘴里扔了一片安眠药。京子倒了一杯水递过去。泷婆却把安眠药递过来，说道：

“你也吃一片吧。能一觉睡到天亮呢。”

“我不用。”

泷婆一脸不满地走出厨房，回到自己的卧室，然后“砰”的一声关上了门。

京子收拾完碗筷后，转过身，环视着这个家。九年来，要说家里有什么变化的话，也就是摆在窗边的佛珠盆景今年第一次开花而已。这株观叶植物三十年来都摆放在同一个地方，以前从来没有开过花。

今年春天，泷婆看见这株盆景开花时觉得很害怕，说这是不祥之兆。到夏天时，盆景仍然生机勃勃，继续长出许多隐藏在叶子下的小白花。

被煤烟熏黑的日光灯周围，又见到那白色的大飞蛾正在飞舞，不知是从哪里进来的。大飞蛾的身体撞到日光灯上，发出干燥的“沙沙”声响。明天一早，恐怕这只大飞蛾会在饭桌上展开彩色的翅膀、露出腹部死去吧。

京子走上二楼，从壁橱里取出旅行袋。手头上有现金十五万日元。她知道这点儿钱撑不了多少天，但还是够回到东京的。字条就不留了。如果等到明天早上的话就走不成了。太阳一出来，又将开始一如往常的一天。等到太阳出来的话就太迟了。京子把女儿摇醒。

“真由，去坐船咯。”

“坐船？”

“没错。我们一起去。”

京子迅速地给她换上T恤和短裤，一只手拎着格子花纹的旅行袋，另一只手拉着真由的手，小心翼翼地走下楼梯。但每迈出一步，楼梯都发出“嘎吱”“嘎吱”的声响。每下一级楼梯，京子都感觉到双腿发软。就这样好不容易走到了大门口。她甚至有点担心：泷婆会不会偏偏在今晚爬起来呢？真由也学着母亲的步姿，蹑手蹑脚地慢慢往前走。一也通常要到第二天早上准备去牛棚干活前才回来。而且，他今天带了钱出去，不必担心吃闭门羹。

京子轻轻地关上大门。客厅里的摆钟忽然响起——十一点了。京子让真由躺在车的后排座位上，给她盖上毛巾被。

车静静地向前开动，路边的小石子被轮胎压得乱飞。圆月把青白色的光芒洒落在牧草场上。柏油路上闪现着白线。京子一边开车，一边在头脑中描摹着因反复看而记住了的天马街道地图。车驶入了穿越山岭的野塚隧道。过了隧道，就能看见海岸线了。此时，已经驶出村子四公里外。京子的紧张还未消除，灯光耀眼的隧道已经驶到尽头。出了隧道，车子又重新投入黑夜之中。

车灯前方，是一片圈养纯种马的木栅栏。这和奶酪畜牧地区截然不同——那里围的是圈养牛的电栅栏。刚来北海道时，京子在田里干农活时曾不小心碰到电栅栏。当时，一也一边扶起她，一边笑着说："牛知道碰到会痛，所以绝对不会靠近这些栅栏。"

洒满月光的公路延伸向风平浪静的大海。从副驾驶位的方向望去，太平洋正悠闲地横躺在前方。每次用力地踩一下油门，记忆就会逐渐剥落。京子想努力回想一遍，然后尽可能把这些记忆抛到远方。外面的湿气钻进车里。挡风玻璃因为海潮而蒙上了一层朦胧的白雾。

月亮消失了踪影。驶向海港的车逐渐增多，公路也忽然变宽阔了。两辆摩托车迅猛地疾驰而过。京子看了一下后视镜——只见在天空和山脊线之间，夏天的太阳已经升起。

回归大海

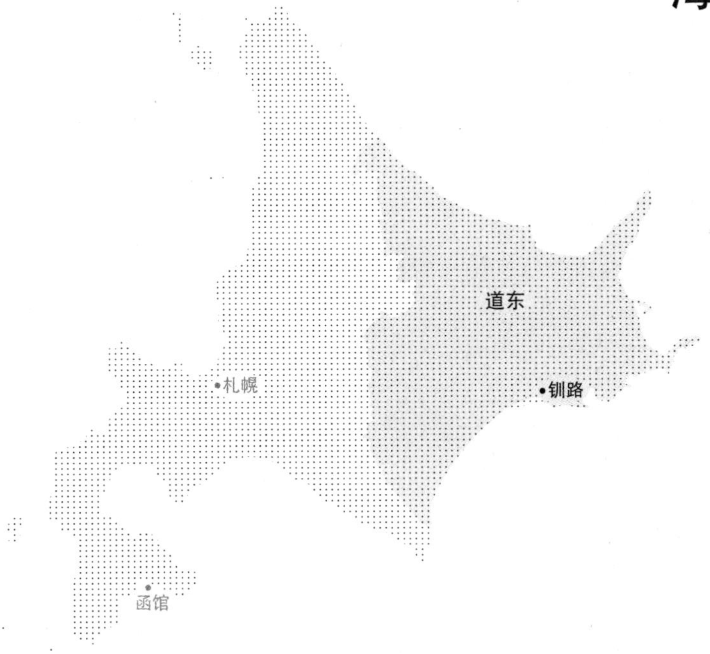

昭和四十九年（1974年）三月。

天从午夜开始下雪，街道被染成一片白色。店门前的积雪已经高及膝盖了。寺町圭介连连咂嘴，一边拿起铲子铲雪。看这情形，每隔一小时就得把雪铲掉，不然店门会被封住。

据说，道东地区的钏路市一带很少下雪，但不知为什么，每年一到这个时候，必定会来一场引发交通瘫痪的大雪。当地人把这种天气叫做“春分暴雪”。

三天过后，积雪就会融化，淹没柏油路面。然后，春天才会到来。北海道东部的季节风物，是和日本其他地方都大相径庭的。眼下这场大雪，正预示着春天的临近。

十年前收圭介为学徒并一直精心培养他的师傅退休了。圭介十天前刚把招牌从“岛野理发室”改为“寺町理发店”。

这相当于自立门户了。圭介今年才二十五岁，就接手了师傅经营了三十年的店面和顾客，实在是太幸运了。

理发店位于从车站前的繁华街道拐入小路不远的地方。这条小路通往闹市及娱乐街区，所以即便在钏路市来说也算来往车辆较多的道路。理发店的顾客，主要是夜间工作者、大街那边的银行职员，以及附近的店主。

“列岛改造论”[1]出台之后，许多地方城市都完全被卷入其中，街上接二连三地建起高楼。物价飞涨，一时半会还看不到稳定的迹象。石油危机的影响似乎仍然在持续，以至于一度萧条的煤炭行业又重新焕发出生机。

虽说已自立门户，但毕竟店面是租借来的，需要支付随地价暴涨而上升的租金。圭介本来只是一个理发师，现在刚变成经营者，想要稳定成长，需要克服好几道难关。——如何防止顾客流失呢？店面冷清，当学徒时固然窃喜，但现在却高兴不起来了。必须找到某个办法明确地告知顾客：这个理发店的经营者已经变成了寺町圭介，无论是在技术层面还是服务层面。

师傅岛野勇作以年老为由而放下了理发剪子。圭介不

---

1 列岛改造论：1972年田中内阁提出的国土开发计划，重点是重新调配工业、修建交通网。

知道五十五岁是不是合适的退休年龄，毕竟有的理发师一辈子都没有放下过剃刀和剪子。

但他心想：自己大概已经继承了师傅的活法。师傅默默隐退时，他就打定主意：要是哪一天，自己的手艺不能令顾客满意了，他也会像师傅那样悄然隐退的。

师傅在搬去郊外的新建住宅区之前，对圭介说：

“你只要能在这里娶上媳妇，就算是真正出师啦。”

然而，圭介却没有这么乐观。现在店里只剩下他一个人了，以前的老顾客如果不买账，那么经营状况甚至会比全新开张的店还要糟糕得多。购置那些最新式的理发椅、镜子、洗发台所需的资金，借款担保人全都是岛野勇作。

这十天以来，圭介每天夜里都做同样的梦：

明明是开店营业中的时间，可是左等右等都没有一个人来光顾。他忍不住走到店外，从路边看店面，这才发现早上挂好的“营业中”牌子翻到了“休息日”那一面，本该不停旋转的彩条立柱竟停止不动……

同样的梦境反复出现。只有意识到是在做梦时，他才会在瞬间清醒过来。但圭介心里仍感到不安：假如自己在梦中接受了那就是现实的话，是不是就永远不会再醒过来呢？……每次惊醒，他的衬衫总是被汗水湿透。

理发店所在的建筑有两层，门面狭窄。隔壁的和服店原本是平房，但现在也改建成了包括出租房在内的商业楼，以便在和百货店的竞争中不落下风。小巧的寺町理发店在一旁转动着旋转立柱。理发店二楼有两间十平方米的房间，还有厨房。师傅自从成家之后就一直住在二楼，而圭介则被安排住在一楼店面的里屋，面积大约七平方米。现在，虽然整栋房子都能随意使用了，但圭介却嫌麻烦而没有从住了十年的一楼房间搬出去。

圭介的爱好是一边听喜欢的音乐一边磨刀片，以此度过一整天。另外，他还喜欢自己动手研磨咖啡豆，然后冲饮。他不喝酒，也没有相好的女人。这十年以来的每个深夜，他总是在磨剃刀或磨剪子中度过。

圭介的技术已经超过了师傅。他磨的剃刀非常锋利，在顾客的皮肤上滑过时，甚至让人感觉不到刀刃的存在。半夜，他在日光灯下举起湿滑锃亮的刀具确认其锋刃时，感觉到身体内充满了一种无法形容的满足感。

“不能对自己的手艺太自满啊。”

每次看见圭介磨好的剃刀时，师傅都会这样提醒他。而圭介每次把刀具磨至锋利无比时，都有一种自己也变成了钢铁的感觉。

正在铲雪的圭介停下手，仰望从灰色天空降落下来的雪。广播电台报道说，这场大雪的雪量大约占了道东地区年降雪量的一半。按气象台公布的数据，降雪量达到了创纪录的五十厘米多。而这场沉甸甸、潮乎乎的春雪，此刻仍然没有要停止的迹象。

沿街店铺的店主们，纷纷出来扫雪。虽然大家都知道三天后积雪会消融殆尽，但如果现在置之不理的话，连店门都开不了。路上随处可见高高的雪堆，其中穿着防寒服和长靴的身影时隐时现。

圭介呵着白气，走回店里。他刚换上工作用的白衣，就听到系在门框上的铃铛响了起来。这十天以来，唯一能让圭介稍感宽慰的，就是这顾客上门时响起的铃声了。

一个女人走进店里来——她身穿红色长外套，头上轻轻裹着一条红色的三角披肩。披肩被沉甸甸的春雪濡湿了，水珠沿着围巾穗子滴落下来。她站在店门口铺着的鞋垫上，从头上解下披肩，朝圭介微微一笑。

“欢迎。”

圭介语气平淡地说道。女人仍然保持着笑容，说了一句：“雪下得真大！”声音低沉而沙哑，和她那张娴静的鹅卵形脸蛋形成了反差。

“请帮我刮一下脸和后颈上的毛发。”

女人走进四平方米见方的等候室里，把外套搁在黑色皮沙发上，伸手到便携暖炉旁烤火。她那雪白的脖子和鲜红的指甲显得十分娇艳。

她坐到理发椅上，对着镜子左右摆摆头，似乎是在确认需要处理的部位。

“我平时常去的那家理发店没开门。可能是因为下雪吧。”

圭介想说：“没开门不是因为下雪，而是因为缺乏开店的热情。”但欲言又止，只是默默地在搅拌杯里搅拌乳液。女人从镜子里看着他，继续说道：

“不过，在这种下雪天里，一边走过桥一边眺望河面也不赖嘛。所以我才趟过雪地，一路走到这里来。本想找不到理发店就算了，结果倒是找着了。可能是因为平时上班不走这边吧，我都没有发现这里还有家理发店呢。”

女人大概是住在桥对面的公寓里，从这里步行过去十分钟左右。架设在河口的桥，是当地的观光景点之一。每年雾气浓重的春夏季节，会有许多游客从内地来到这气候迥异的小镇，寻求一种别样的风情。以这小镇为舞台的小说被拍成了电影，也对当地旅游观光起到了促进作用。这里的海雾，说是“雾”颗粒太粗了，但说是“雨”又太细了。夏天的街道上，经常笼罩着分不清是雾还是雨的水滴。桥上装有煤气灯。在灯下沿着桥走到河对面——这种情调跟这女人似乎很般配。

“看这店面很旧了呀，小哥你是从以前就一直在这里做吗？”

“不是，这个月刚开始的。”

圭介本来还想说：“您是第一个新客人。”但又打住了。说太多废话，会使自己的手艺显得掉价。他把毛巾盘在女人头上，从消毒柜下层取出理发布，“啪”地甩开来，围住女人的上半身，又将理发椅的靠背放下来，让女人横躺在上面。

圭介告诉她，原店主上个月退休了，他便把这理发店租借下来，自立门户。女人对他的话似乎不太感兴趣，只是“嗯嗯”地点点头。

圭介从女人脸上取下闷蒸用的热毛巾，只见她那仿佛透明的白皙脸颊上泛起了一丝红晕。她的嘴唇红得像要渗出鲜血一样。没涂口红的嘴唇竟然也这么红，这样的女人，圭介还是头一次见。

有些女人会定期刮脸和修剪脖颈上的毛发——她们大

多是从事夜间工作的。圭介开始给她刮脖颈上的毛发，把她那随意用橡皮筋扎着的头发用铝制发卡束到头顶去。这时，她脖颈上的黑痣立刻映入眼帘。

三颗鲜明的黑痣向脖颈右下方排成一条直线，间距相同，直径约二毫米。中间的一颗刚好位于颈椎正中间。看见黑痣时，圭介麻利迅速的动作忽然停了一下。“绝不能直盯在顾客的身体上。”——师傅曾经这样教过呀。圭介有些手足无措，不知道是因为看见那黑痣，还是因为想起了师傅的话。

“我这黑痣，挺奇怪的吧？”

“不，对不起。”

“听说这叫‘服装痣’，长了三颗也不算特别多。除了有时给客人摸一摸之外，好像也没什么用处。”

女人稍稍提高了句尾的声调，仿佛带有挑逗的意思。圭介定下神来，沿着女人的脖颈往下，一直剃到接近后背处。圭介想，这些都是出于把后面的头发梳拢起来的考虑，说明女人平时还会有穿和服的时候吧。

女人从理发椅上站起身，走到沙发前对圭介说：

“小哥，你干活很细致啊。”

“谢谢。”

“有一门好手艺，真幸福。谢谢啦。”

圭介面无表情地低下头。身为一个手艺人，如果为顾客的言行而喜形于色，那是很难为情的事。

“唉，我又得蹚着雪走回去啦。”

女人一边说着，一边从薄薄的蛇皮纹钱包里取出一张一千日元纸币。钱包下方系着一个银铃，轻轻摇晃。她胸前略微敞开的黑色毛衣，在雪白胸口的映衬下格外显眼。不难想象，她穿和服时里面的白色衬领也会被牵拉得比较开。她每次张开嘴唇时，锁骨的轮廓都会显得更清晰、更好看。

下这么大雪，恐怕回不去河对岸的公寓吧。女人透过框格的玻璃窗往外看，嘀咕道：“真是没辙了。”外面还不停地下着鹅毛大雪。圭介总算明白为什么她神情忧郁了，脸颊不由松弛下来。

女人一脸慵懒地拿起外套，轻轻地咬着下嘴唇，仿佛以此表示对这场不合时宜的大雪的痛恨。

“如果您愿意的话，可以喝杯咖啡再走。过一会儿雪可能会变小的。”

刚才持续的紧张感一下缓和下来。女人转过身来，脸上露出了职业式的微笑。细长的眼睛圆润柔和。为大雪而发愁的嘴唇柔和地张开了。

“咦，小哥你还会沏咖啡呀？”

“嗯，会一点儿。”

圭介含蓄地点点头。女人看着他，脸上的笑容显得越发快活。

“真开心。那得尝一尝。”

她放下了外套，然后说：

“我叫绢子，绢丝的绢。可别忘了哟。”

不知道这是真名还是艺名。不过，看着她那从耳边一直延伸到锁骨的颈筋、令人愕然停手的黑痣、白皙而纤细的手指，感觉“绢子”这名字还是挺适合的。

圭介在滤纸中倒入了大量粗颗粒的咖啡粉，慢慢地加上水。咖啡粉随着热水涌上来，几乎要溢出滤纸的边缘，散发出一阵乞力马扎罗咖啡的香味。

圭介一边考虑以各种理由挽留绢子，一边看着滴落进咖啡杯里的褐色液体。随后，他把盛着咖啡的蓝色会津烧马克杯递给坐在一旁的绢子。

“好喝。你很在行嘛。”

这话听着挺舒服的，虽然也能理解为夸赞对方会做买卖。其实，若论做买卖，绢子的姿色就是别人无法企及的资本。绢子在一家即便在繁华闹市也排得上号的夜总会上班。圭介虽然从来没有去夜间场所消费过，但店名还是听说过的。那是一家高级夜总会，一个理发匠无论如何也去不起的。

绢子把杯子递回给圭介。外面的雪根本没有变小的意思。

“这雪恐怕会一直下到晚上呢。不过，既然喝上了香喷喷的咖啡，今年这场春分暴雪也就不计较啦。谢谢你的款待。我会再来的。”

绢子走出理发店，铃铛声再次响起。

目送绢子走远消失后，圭介来到人行道上，重又拿起铲子。这时，感觉雪比刚才轻了很多。

绢子再次出现在圭介面前，是在融化的雪水淹没了柏油路的时候。大街上，汽车从店铺前驶过，水花四溅。此时正是三天寒冷接着四天回温的乍暖还寒时节，深夜还很寒冷。

每天夜晚，圭介已经形成了这样的习惯：一边用便携式录音机播放电影音乐，一边手执剪子练习，直到睡意袭来为止。他右手同时拿着两把理发专用的小剪子，随着音乐而在手中有节奏地来回交替。每秒钟空剪四次。来回替换剪子后，又重复同样的动作。这样做是为了熟悉剪子的特性，并通过实际练习使手部动作变得更轻快、更熟练。

圭介一边反复调节螺丝，一边舞动剪子。这时，窗前挂着的浅黄色窗帘外忽然传来轻微的声响。窗户对面是大楼墙壁。彼此相隔很近，只能容一个人勉强通过。刚才的声响，大概是小猫或野狗发出的动静吧。圭介又继续拿起剪子。

练习了几遍后，圭介发现：注意力一旦被打断，需要一定时间才能重新集中起来。他看了一下床边的闹钟——时针正指向十二点。于是，他擦掉剪子上的油迹和指纹，随即收进丝绒盒子里。

这时，他又听到了响声。这声音不像是从外面传来，而像是直接敲玻璃窗。他战战兢兢地拉开窗帘，打开很不灵活的内窗。——窗外有个女人，正抬头仰望屋里，眼睛像感觉耀眼似的眯缝着。过了好几秒后，圭介才反应过来：是绢子。于是连忙拧开已经生锈的旋转式锁头，打开外窗。深夜的寒气一下闯进屋里。而屋里暖和的空气则全被绢子吸走了。

“我刚才在门口敲了好一会儿呢，可能你没听见吧，所以才绕到屋后面来。你果然在家，太好了。”

“怎么突然过来了呢？”

“这么晚还来打扰你，对不起。我想把这个拿给你吃……”

绢子递过来一个纸袋。上面印着最近在繁华市区很红火的饺子专卖店的商标。

“我去开门。”

圭介急忙冲到门口，打开门锁让绢子进来。绢子微笑着穿过店内，径直走进圭介的房间，一点儿都不害臊。

房间里除了一张折叠床外，还有一个格子花纹的塑料更衣柜和杂物柜。这些都是圭介当初拜师学艺时师傅给的。

杂物柜里摆放着咖啡杯、咖啡豆研磨机和过滤工具。房间很狭窄，把炉子搬开也费了好一会工夫。两个人往房里一站，会感到很拥挤。

以前，还从来没有客人进过圭介的房间里。圭介的叔父住在邻镇，是他把圭介一手拉扯大的。圭介当学徒两年后，叔父去世了。圭介只是参加过函授教育并取得学历，所以并没什么朋友。圭介正想找个地方给绢子坐，不料绢子自己一屁股坐到床上去了。

“我以为你已经睡了呢。对我们这样的人来说，接下来才是自己的时间。”

绢子的语气还带着几分夜总会的气息，而且还透出一股烟和酒的气味。圭介平时是滴酒不沾的，但此时却觉得绢子喝了酒也好，要是两人都不喝就没意思了。

“我还没睡。”

圭介低下头，无意识地摆弄着手里的咖啡滤纸边缘。绢子比前几天来时开朗得多。如果圭介是今晚第一次见到她的话，也许会更有戒心吧。

“还没睡，太好了。这家店的饺子很好吃哟。”

绢子撕开浅褐色的纸袋，取出两双一次性筷子。打开泡沫塑料饭盒的盖子，房间里弥漫起饺子的香味。

绢子很美，虽然眉眼间流露出一丝深夜的疲劳神色。她那束起来的头发乌黑发亮，很有光泽。房间里渐渐暖和起来。绢子脱下外套，卷成一团，搁在床脚边。她身上穿着深紫色的丝绒连衣裙，圭介惊诧地看着这在荧光灯下勾勒出的女人身体曲线。

“半夜走过桥时真冷，冷得我想穿毛皮大衣。”

既然在那样的高级夜总会工作，平时出入应该叫出租车的。

“你是觉得我在装穷吧？”

绢子稍稍提高了句尾的声调。圭介只是含糊地笑了笑。

“我没什么钱呀。不是装穷，是真的穷啊！”

绢子发出了“咯咯”的干笑声，像是觉得自己的话很可笑似的。

“前不久我借钱给同事，结果她一直都没还。那天，她哭着把身上的毛皮大衣脱下来塞给我，说是貂皮做的。我入行这么久了，一摸那衣服就知道是假货。不过，人家都哭了，我总不好意思把她钱包抢过来吧。唉，我这人的性格就是这样。”

绢子侧着脑袋，皱起眉头。

“再怎么冷，三月也快过了。毛皮大衣嘛，恐怕……”

绢子打住了话头。圭介怯生生地说道：

“饺子的钱，我来出吧。”

“傻瓜，这饺子我自己也吃呀。别说傻话。”

绢子从打开着放在杂物柜上的饭盒里拈起一个饺子，塞进嘴里。从床边伸过来的纤细指尖让人联想起在深海优雅地游动的美丽的鱼。理发匠在理发时要凑近顾客的脸，所以圭介平时尽量不吃有浓烈气味的东西。但现在怕绢子不高兴，于是也拈起一个塞进嘴里。

饺子玲珑小巧，显然是出自名厨之手。绢子低头对着地板，哧哧地忍住笑，随即说道：

“小哥，你这样不行啊。一个风尘女子说的话怎能当真呢？干我们这行的，会专挑让客人高兴的话来说，把客人骗得团团转。请你吃个饺子就能让你上当。其实，我走路过来只是为了锻炼身体罢了。”

饺子一大半都是绢子吃掉的。她把最后一个塞进嘴里后，把餐具和撕破的纸袋揉成一团，扎上橡皮圈。圭介手足无措地站在旁边。绢子抬头看着他，微笑了一下，然后也站起身来。她那小巧的脸庞凑到了圭介胸前，距离近得几乎能感觉到彼此的呼吸。圭介有些胆怯，向后退了一步。

“你害怕什么呀。别这样，这样会让我很难为情的。”

圭介只觉得浑身发热，侧腹因羞怯而直打哆嗦。绢子一直微笑着，抬头注视着圭介，说：

“喂，你知道吗……”

她那满是风情的眼睛里开始放出异样的光。从玻璃窗传到圭介后背的寒气，渐渐吸走他体内积聚的热量。他连忙移开视线，不敢看绢子。

“你知道企鹅是怎么开始交欢的吗？”

绢子固执而淘气地说着，似乎在试探对方。圭介暗自祈祷，希望眼前这个女人快点回去。但绢子却丝毫不顾他的感受，一边投去挑逗似的目光，一边接着往下说：

“听说，企鹅是用唱歌来求爱的。唱完歌之后，还很有礼貌地鞠一躬，邀请对方。很可爱吧？”

圭介不知道应该怎样回答，只得摆出一副生气的样子。绢子露出忍俊不禁的笑容，说道：

“我回去啦。晚安。”

她拿起卷成一团搁在床脚下的外套，迅速地拉开，披在肩上。

绢子离开后，圭介深呼吸了一下，然后才走到店里。他闻到一股既不是饺子，也不是烟和酒的酸甜味。于是他又回到房间。房间里还残留着绢子的香味——刚才她在的时候倒没有留意。绢子甚为唐突的来访，仿佛只是一瞬间的事，又仿佛过了很长时间。圭介拂去飘荡在鼻尖下的绢子的残留香味，端起变凉了的咖啡一饮而尽。

春分暴雪过后，快过去两个星期了。柏油路的角落里堆积了一整个冬天的泥土，每当汽车经过时，尘土就会到处飞扬。尘土飞扬的景象和灰蒙蒙的蓝天预示着春天的到来，三月即将过去。

顾客迟迟不见增多，这不免让圭介感到发愁。想靠自己招揽来回头客的话，需要再加把劲。但问题是，怎样才能打出寺町理发店的特色呢？道东地区的春天尘土飞扬，缺乏情调，但今年是不能悠然自得地等待夏天了。

一个清闲的午后，圭介正拿起扫帚清扫店内角落时，忽然门口传来清脆的铃铛声响。门缓缓地打开了，绢子从门缝溜了进来。

“十天就得来刮一次，不然上妆效果会很差。”

眼前的绢子，跟那天深夜来访时完全不同。再次看到未施粉黛的绢子时，圭介感觉到她身上洋溢着一种别样的风情，这种风情不同于风月场的妖艳。刹那间，羞怯之情又油然而生。圭介强装镇定，面不改色地低头说道：

“欢迎光临。”

圭介默默地完成了工作，态度就像平时对待女顾客一样。他曾经也想过要和顾客殷勤地聊聊天，但根据经验可知，每次都会以失败告终。于是他索性下定决心：什么都不说，只是对顾客展现自己的高超手艺即可。就这样一直坚持到今天。

刮完脸和脖颈上的毛发后，绢子从理发椅上下来，呼地舒了一口气，并抬起双臂伸展了一下。圭介背过身，顾自收拾工具，尽可能不走近她旁边。绢子用嘲笑似的口吻问道：

“小哥，今晚要出去吗？”

“不。”

圭介晚上很少出门，一年中只是偶尔几次去相隔两条街外的天桥下吃沿街叫卖的拉面。

“那我再来。”

绢子放了一张一千日元纸币在收银台旁边的盘子里，随即推门而去。圭介不知道，绢子所说的“那我再来”究竟是指什么时候——是下次再来刮脸，还是今晚再来？这个疑问一直在圭介的心里盘旋，直到深夜。他的心情因为不由自主的期待而变得时而兴奋，时而消沉。

即使在研磨剃刀时，圭介也心不在焉。意识到这一点后，他越发感到焦躁不安。他一边叹气，一边看着映在镜子里的钟——白色的圆盘上排着一圈大大的数字，十分简朴，显然是个只追求实用性的钟。自从圭介当学徒开始，这个钟就一直摆在相同的位置上。他已经习惯了从映在镜子里的左右颠倒的表盘上看时间。接待顾客的时候，不能直接看钟表——这也是师傅的教诲之一。至于为什么，圭介从来没问过。他只是觉得，拜师学艺就应该是这样的。此刻，映在镜子里的表盘上，指针即将重合于顶端了。

这么晚了还迟迟不关掉店里的灯——圭介对自己越发恼火。他小心翼翼地把剃刀收进盒子里，然后走向门口，想确认一下店门有没关好。突然，铃铛响了。这时他才意识到：店门没上锁，并不是因为自己忘了，而是故意留了门。

绢子站在门口，身上披着一件白色外套，没有扣前排纽扣。

“我回来啦。快弄杯美味的咖啡来喝。”

她若无其事地走向圭介，就仿佛像每天回家一样自然。

“今天是‘鸟竹’店的炸鸡。”

来到房间里，绢子打开纸袋。香喷喷的炸鸡香味顿时弥漫开来。便携式录音机慢慢地转动着磁带。

寄人篱下，其实是一种完全抹杀自我个性的训练过程。从十五岁那年开始，圭介就一直极力压抑自己的个性。正因如此，每天都没什么大的变化，也从来没有伤害过别人。对于师傅教诲的完全顺从，以及某种倔强性格，再加上无穷无尽的自尊心，造就了他这个手艺人。

“喂，这首曲子叫什么名字？”

圭介正拿着咖啡滤纸呆站着时，绢子轻轻地在他面前摆手，问道。她中指上戴着的白金戒指闪闪发光。纤细的指尖柔软地翘曲着。圭介感觉到，自己长年坚守至今的堡垒，一下就被这个微笑的女人击溃了。

“你发什么呆呀。我想知道这首曲子叫什么名字嘛。”

房间里正播放着的，是安德列·帕泼的《爱是蓝色的》。圭介目光游移地看着那台便携式录音机，把曲名告诉绢子。绢子满意地连连点头，目光仿佛在天花板的角落里寻找着什么。

“这曲子不错。明天我不如就穿件蓝色的长礼裙吧。”

绢子扭过半边身子，似乎想让圭介看见后背。然后她笑着继续说道：“那件礼裙后背是露出这么一大块的哟。”突然，她的神情又变得一本正经。

“对了，后背再帮我往下刮一点儿吧。明天要把头发梳拢起来，就看这后背了。可以吗？”

她双手合十，用近乎撒娇的语气央求道。无奈之下，圭介只得从店里的架子上拿了刮脸用的杯子和剃刀，回到房间。

炉子上的耐酸铝制水壶发出“咝咝”声响。圭介从水壶倒了些热水进杯里，小心翼翼地打泡。

绢子毫不犹豫地拉开白色连衣裙的背部，然后面朝墙壁地跪坐在床上，胳膊从袖子里抽出来，随即把手伸到背后，解开了胸罩的挂钩。

绢子的背上，横着几道浅红色的印痕。上面浮起一对形状优美的肩胛骨。圭介看着绢子的背部，仿佛看见了一对轻盈翅膀的幻象，不由连连眨眼。他小心翼翼地在白天刮过的位置下方转动毛刷，涂上泡沫。当他把剃刀搁到光滑的背上时，绢子屏住了呼吸。剃刀逆着汗毛开始滑动。用来吸取泡沫的薄海绵上，渐渐粘附了许多绢子的汗毛和泡沫。白皙的背部越发显得透明。无瑕的背上，脊椎骨的突起像成串玻璃球一样浮现起来。瘦小的肩膀和肩胛骨的线条十分优美。圭介也屏住呼吸，滑动刀刃。

刮好之后，圭介把热毛巾拧干，擦拭绢子的后背。

“刚才感觉痒痒的。刮到一半时，我都后悔了。稍一动的话就会很危险，真不知该怎么办……”

绢子一边说着，一边长舒了一口气。她大概是意识到忘记道谢了，于是又补了一句："谢谢。"

"稍动一下也没关系。我会让刀刃避开的。"

"这样都可以？"

绢子用双手遮挡在胸前。圭介不敢正视。

"我可以控制全身肌肉的力量。按俗话说，就像穿上了'肌肉铠甲'。即使被小孩子撞到，我都可以保持不动。"

本来还有后半句："所以理发匠的屁股是很硬的。"但话到嘴边又咽了回去。

"有意识地锻炼出来的肌肉，会不由自主地发挥作用。"

圭介把师傅经常挂在嘴边的这句话原封不动地说了出来。绢子用双手遮挡着裸露的胸口，爬下床来。

"难怪你的手臂这么漂亮呢。理发匠要每天锻炼肌肉，我还是头一次听说。真厉害啊。"

"这也没什么厉害的。只是出于工作需要才锻炼而已。接下来的一段时期，你可能会感觉到有点冷，请多保重。"

"为什么呢？"

“背上长着汗毛，相当于多穿了一件衣服。”

衣服和皮肤之间有汗毛，皮肤才不会直接接触外部空气，可以保持体温。绢子目不转睛地看着圭介收拾工具。

“天冷，快穿上衣服吧。”

总时长为三小时的磁带已经卷到一半。它继续缓缓地播放着电影音乐。

连衣裙滑落在床边。圭介感觉到绢子靠近的气息，连忙回过头来。他一下呆住了。绢子拉着他的手，让他摸自己刚刚剃过的后背。然后，又凑到他耳边说：

“别这么说嘛。快给我温暖吧！”

绢子的后背，润泽，冰凉，毫不设防。

“小哥，你叫什么名字？”

“圭介。寺町圭介。”

绢子的双臂搭在圭介的脖子上，舌头在他的嘴唇上爬行，仿佛在固执地寻找着什么。圭介觉得，绢子的后背越发冰凉，舌头就越发滚烫。

绢子的皮肤像冷却了的鞣皮，又像店里用来磨剃刀的皮布。

“你一辈子都要记住：咱的吃饭家伙，是能用来杀人的哟。”

圭介想起了师傅说过的话。此刻，他觉得自己仿佛变成了磨得锋利无比的刀刃。

绢子贴过来的胯骨碰到了圭介的大腿根部。圭介的手摸到绢子纤细的腰部，并轻轻地伸入内裤。他略微迟疑地用力往下拽时，绢子自己已经麻利地脱下来，扔到一边了。圭介的胳膊瞬间松了劲。绢子伸手拽住他的裤腰带……

看见圭介那全裸的身体时，绢子不禁夸道：

“你的身体真漂亮！”

圭介却觉得，绢子更配得上“漂亮”一词。绢子把身体紧紧地贴到圭介的胸口。两人纠缠在一起，横躺在潮湿而冰冷的床单上。圭介感觉到：绢子触摸着的部位开始渐渐发热，而头脑却像用冰块冷却过似的一样冰凉。

绢子的身体散发出雾的气味。街上的雾含着海水，把夏天的街道拖入海底。绢子的嘴里时而发出轻微的、压抑着的呻吟声。

隔着绢子那起伏的胸口，可以看见她的脸庞——她紧皱着眉头，隐隐露出倔强的表情，看起来像在强忍，又像在哭泣。

完事后，绢子的后背红晕浮现。她把披散在背上和床单上的头发扎至齐肩，露出纤细白皙的脖颈。

“猎户座腰带。”

“什么来的？”

仍趴在床上的绢子扭过头，声音嘶哑地问道。

“猎户座的三颗星。”

“噢，好像还是第一次有人这么说呢。”

其实，圭介也明白：这样看绢子脖颈上并排的三颗黑痣的，并不止自己一人。他沉默不语，仿佛嫉妒心也沉静下来。

“把烟给我。”

俯卧着的绢子说道。圭介依言从床下那小挎包里取出hi-lite牌香烟和一个金色的打火机。

“这是都彭牌子的打火机。”

犹如厚重金块一般的打火机发出夸张的声响，冒起一丝蓝色的火焰。圭介注视着打火机，感觉它和纤细的手指毫不相称。

“上次我跟你说过毛皮大衣的事。在那之前，我用过这打火机，是当时一个相好的客人送给我的。做这一行的，无论做多少年还是有很多事情弄不懂啊。不过，要是觉得自己什么都懂，那就输了。男人呀，真有意思。”

绢子递上烟，圭介吸了一口。肺部没什么感觉，倒是额角沁得慌。冰凉的血管被一缕缕烟扩张开来，渐渐变得舒缓。

在圭介面前，绢子动作麻利地穿上了衣服。拉上连衣裙的拉链后，她若无其事在圭介身旁坐下。剩下只穿着一条内裤的圭介独自沉浸在甜蜜的时间里。

“天这么冷，会感冒的哟。还不穿上睡衣？”

房间里只有开水沸腾的声音。便携式录音机里的磁带已经走完，“啪”地停住了。听到这声响，绢子随即站起身。

“我回去啦。”

听到这唐突的告辞，圭介大吃一惊。绢子回头说道：

“别摆出这么一脸憨厚的样子嘛。我会舍不得走的。”

随后，她把圭介的头搂在胸前，说道：

“我会再来的。可以吗？”

圭介点点头。绢子把舌头伸进他嘴唇里。圭介嘴唇半张开着，茫然不知所措。绢子说了句“晚安”，随即关门离去。

她的背影印在圭介的眼底，挥之不去——她捻着头发扎起来，用发卡别住。她的脖颈上，是拂晓将至时回归大海的猎户座三星。

绢子告知的住处，也许根本就是假的。她身体散发出深海的气味。很难想象，裹着海雾的绢子，会在一个陌生的地方过着普通的生活。圭介多么希望今晚发生的一切只是一场梦。然而，扔在杂物柜上的hi-lite香烟盒却告诉他：这不是梦。

进入五月份，北海道的樱花前线[1]已经接近道东地区了。

随着气温上升而产生的海雾，几乎每天都弥漫在小镇上，很少有晴朗的日子。

绢子有时隔天过来，有时整一星期都不见人影。她大概每隔十天会到店里刮背，但不一定每次当晚都来房间。除了第一次上床那天问过圭介晚上是否在，后来就没有再问过。

半夜，两人一起听音乐，喝圭介沏的咖啡，吃夜宵，做爱。有时也会先做爱，后吃夜宵。每次聊起自己身世

1　樱花前线：日本南北气候差异很大，每年春天，樱花由温暖的日本列岛南端向北方依次开放，因此形成一条由南向北推进的“樱花前线”。

的，都是圭介。

他想把自己的所有经历都告诉绢子：不知道长什么样的父母，把自己拉扯大的叔父，当理发匠后出过的洋相，关于理发工具，曾经喜欢过的女人，最终未能成功的恋爱……这些深藏在心里的往事，如今重见天日，自然十分畅快。

绢子听着圭介的诉说，时而发笑，时而听得入神。但跟圭介比起来，绢子极少提及自己的身世。

“我就这么辛辛苦苦地干活。到底什么才是真的，我自己也弄不清楚。”

结果，关于绢子的过往经历，圭介只了解到这么一个情况：绢子自从十六岁那年离开小渔村之后，就再也没有回去过了。——哪怕是谎话也好。圭介担心：如果继续追问的话，说不定她会展开背上的翅膀飞走的。此后，圭介每次抱着绢子时，都要留意看她背上有没有长着翅膀。

绢子没来的夜晚，圭介就专心致志地研磨刀具。如果不这样的话，等待绢子的时间将变得寂寞难耐。

天色渐暗时，圭介就会怀念起大腿周围曾感受到的绢子的体温。这样的日子一连持续好几天后，憎恨就会渐渐涌上心头。然而，当他看见绢子一边说着“我回来啦”一边走进房间时，所有的焦躁就会立即消散。淡淡的憎恨化为欲望，透过绢子的身体，然后又伴随着一丝隐隐的焦躁回到圭介心中。

每当圭介以为要得到绢子的一瞬间，绢子却突然从他手中溜走；而当圭介打算放弃时，绢子又像看准时机似的，默默地把身体肌肤凑过来。

这天夜晚，两人完事后，互相偎依着躺在床上。绢子发出轻微的鼾声。虽然近日气温已经开始上升，但不生炉子的话还是太冷了。圭介轻轻地盖了条毯子在绢子冰凉的背上。圭介默默地看着绢子的睡脸，心想：原来，人的鼾声是可以使时间变得平稳宁静的。

炉子上，水壶发出开水沸腾的声响。在圭介怀里，绢子抱着双臂睡着了，脸上隐藏着一丝做爱之后的慵懒。圭介凝视着比自己大七岁的绢子的成熟而润泽的脸庞。

“你才二十五岁？这么年轻啊。没想到你竟然比我小七岁。我感觉自己赚到了呢。”

有一次，绢子这么笑着说道。圭介总觉得，相差七岁似乎有些虚幻。即使年龄相差更大，似乎也跟两人之间的关系毫不相干。圭介还有一种感觉：绢子投向自己怀抱时，就像熊熊燃烧着沉入大海的夕阳。而在熟透下沉前的一瞬间，绢子到底在想什么呢？圭介就不得而知了。

猎户座的三颗星，熟透了的果实，夕阳——这些意象似乎全都暗示着：总有一天绢子会离开自己……

躺在圭介怀里的绢子突然睁开眼睛。

“现在几点了？我睡着了吗？”

“嗯，也就睡了十分钟左右吧。我看你睡得这么香，就没有叫醒你。”

“哦。”

绢子叹了一口气，开始穿衣服。她的举手投足间，没有了平时的那份从容。圭介心想：还是什么都不要问算了。可是，内心积累的疑虑却开始蠢蠢欲动。

“这么急着回去，跟家里有老公似的。”

圭介期待着绢子发出嘶哑的哈哈大笑声。绢子一边穿上长筒丝袜，一边看着圭介。

“那很奇怪吗？”

语气中并没有责备之意。倒是圭介感到了几分自责。绢子把挎包挎在肩上，把茫然的圭介的头搂在胸前，说道：

“傻瓜。”

——圭介从来没有听过如此娇媚的声音。

“为什么你要跟我做这种事呢？”

绢子搂着圭介的头，往他头上哈气。

“你问为什么？就算你有老婆，我还是会做同样的事呀。不过，可能得换个地方。”

“我不喜欢这样。”

圭介的耳朵贴在绢子的胸口上，听见她心脏跳动的声音。圭介感觉到鼻子里隐隐发酸。

“这根本就没关系嘛。我只是想要你而已。至于别人怎么想，自己是无论如何都控制不了的。我曾经得到了自己想要的男人，这就够了。别人说三道四也无所谓。其实，那些指责我的人，他们自己也想做同样的事呢。”

绢子离开后，圭介独自待在房间里，反复回味着刚才绢子所说的话。不知为什么，他仍然觉得：绢子只是故意开玩笑戏弄他而已。下次再见面时，只要她明确地给出否定的回答——哪怕是谎话，那他们又可以像往常一样互相拥抱在一起。不过，圭介是不愿再问同样的问题了。他想把自己的情况毫无保留地告诉绢子，可是却害怕听到绢子说出全部真相。

七月，潮湿的空气弥漫在小镇上。气温仍然徘徊在

十五、十六度，一直没有升高。一想到这样的天气将持续一个月，就连心情也会被感染得潮湿郁闷。房屋里的所有东西都潮乎乎的，满含着水气。潮乎乎的毛巾、因受潮而关不上的门板，都对太阳心生怨恨。每天，海雾像生物一样从大海那边飘过来，以至于整个小镇都弥漫着一股海岸的气味。

这天傍晚——一天当中圭介最感到放松的时候，师傅岛野勇作来了。圭介渐渐松弛的神经又一下绷得紧紧的。他为师傅理发，刮脸。师傅比以前更加沉默寡言，一声不吭地任他忙活。待做完整个流程时，圭介的侧腹已经直冒冷汗。他正要从师傅的肩上解下理发布时，门口的铃铛响了。

"欢迎光临。"

圭介慢慢地说道。话音刚落，便看见绢子站在面前。她穿着和苗条身材非常相称的浅紫色夏季针织套裙，摇摇晃晃地向圭介走过来。

"能让我在这儿休息一下吗？"

没等圭介回答，她就径直走进他的房间里。

圭介偷偷看着镜子里的师傅。师傅仍然低垂着眼睛，似乎对眼前的一幕不为所动。按说，他应该一眼就能看出绢子属于哪种女人。圭介不由感到战战兢兢，一边窸窸窣窣地折起理发布。

师傅用两面镜子对照着确认了一下后脑勺的头发，然后平静地说道：

“你听好了。就算你觉得搞砸了，也绝不能表现出来。你一道歉，自己倒是心安了，但顾客会感到不满意。你必须在别人面前若无其事地顶着失败前行。耻辱是你自己的。你要让顾客满意。这也是一门技术吧？光有手上功夫的话，什么都做不成哟。毕竟，是要跟人打交道的。”

看见师傅在柜台边掏出一张一千日元纸币，圭介连忙制止。师傅却没理他，把钱搁在柜台上。

“白干的活儿，打死也别做。要做就做能让我掏钱而于心无愧的活儿。”

师傅说完就走了。剩下圭介自己站在店里，低着头，反复地深呼吸。过了一会儿，他猛地抬起头，走过去把“营业中”的牌子翻到背面。

圭介推开房间门，只见绢子正面朝墙壁地躺在床上，就问道：“你身体不舒服吗？”绢子的头轻轻地动了一下，算是回应。针织裙下伸出的小腿肚子，曲线十分优美。

圭介关上店门，开始准备沏咖啡。正折着滤纸时，忽然听到背着身躺在床上的绢子开口说话，就停下手来。

“我刚去打胎了。今天休息，我再躺一会儿就回去。”

听到这话，圭介茫然地倚靠在潮湿的墙壁上，呆站着不动。待回过神时，才发现手中的滤纸已经沾满汗水，变得皱巴巴的。

房间没拉窗帘，旁边那栋大楼的灯光照了进来。这时，绢子先动了——她慢慢地爬起来，坐在床边。

“对不起。今天我不想这么快回去。我想借你这地方休息。”

“你为什么要这样做？”

“你别生气呀，又不是你的孩子。”

圭介闭上眼睛，不看绢子。绢子说的话全是漏洞。

“既然这样，那你为什么还经常来这里陪我睡呢？”

紧闭的房间里，弥漫着雾气、霉味和咖啡的混合气味，令人感觉憋闷。其间还能隐隐闻到从绢子的身体散发出来的一股消毒剂气味。

“陪你睡？我可从来没这么想过。我一直都觉得，是你在陪我睡呀。”

“我不明白你在说什么。”

圭介扑通一声坐在地上，支起双腿。

“这是第三次了。每次去医院时，我都化上夜总会的浓妆，把指甲涂得鲜红，填表时也比实际多写几次——今天就填了‘第五次’。这样，那些医生和护士们大概都会认为：这孩子被生下来，还不如被打掉更幸福呢。”

“为什么非要这样做呢？你就没想过把他生下来，像普通人一样过日子吗？”

“你是让我把他生下来然后再掐死他吗？”

绢子微笑着说。把额头伏在膝盖上的圭介抬起头，睁开眼睛，盯着自己的膝盖，像撒娇似的说道：

“说不定是我的孩子呢。只要不说出去，咱一家三口也能在这里好好地过呀。”

圭介的声音比空气更沉重，更潮湿。绢子的表情没有丝毫变化。

“为什么你要说出来呢？”

“因为说出来心里会痛快一些。”

房间里仿佛沉入海底一般寂静。绢子从脚边的挎包里取出香烟，点着火。烟雾在两人之间缭绕。绢子每吸一口，香烟尾端便鼓起来，泛着红光，映照出她的脸颊。

绢子把烟头摁熄在杂物柜上的烟灰缸里，开口说道：

“去一趟医院，钱就全花光了。你能不能借点儿钱给我？”

圭介感觉到满嘴都是苦涩的唾沫。裤子膝盖处被眼泪洇湿的地方已经干了。他猛地冲到店面柜台里，抓起一大把钱，随即回到房间。

他本来想把钱扔到绢子脸上，但胳膊却抬不起来。绢子似乎在哭泣，但却没见有眼泪。圭介默默地把皱巴巴的钱放在绢子腿上。

“谢谢。”

绢子没有细数就把钱分成两半，一半塞进自己挎包里，另一半塞回圭介手中，并用冰凉的手裹着他的拳头。面对着只能想出这种结束方式的笨女人，圭介不由心生怨恨。

绢子把毛巾被的褶子理平整，然后起身开门，嘴里还轻轻地嘀咕了一声，圭介没听清她说的是“你真傻”还是“再见啦”。

被雾气笼罩着的、短暂的夏天就要过去了。

当绢子的香味从房间里消失后，街道上开始施工了——那座桥要推倒重建。圭介心里留下了一柄怎么磨也磨不锋利的剃刀。他想用这“剃刀”来切断什么，所以每个夜晚都会取出来研磨，可结果却越磨越钝。

圭介感到心中憋闷，便从床上跳起来，摸索着绢子曾经触碰过的每一处地方。在逐渐灌满海水的房间里，他睁大眼睛寻找着绢子的气味。

浅浅的睡梦中，他偶尔听到了绢子的声音：

“圭介，你也想养我吗？”

圭介张开嘴巴拼命想要辩解，但他的声音却变成了海底的一串气泡。

水之棺

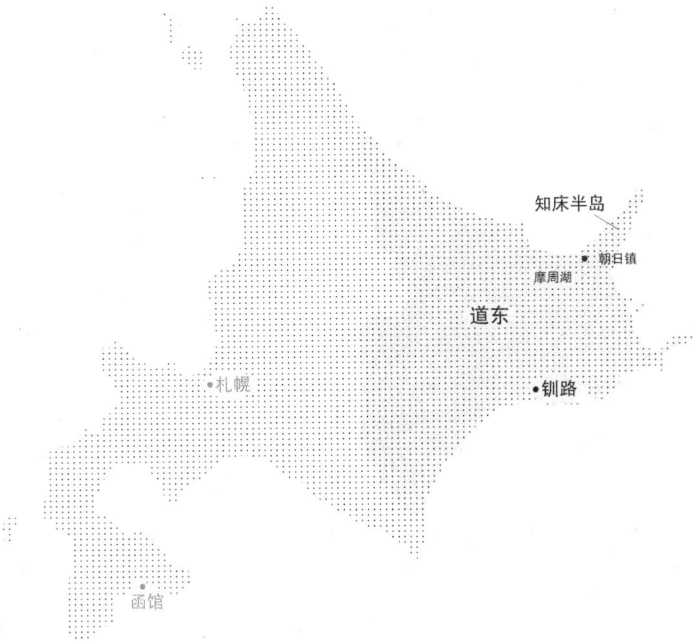

上午的出诊时间已经超过十分钟了。本来关口良子已经交待完镶牙清洗剂的使用方法，结果这病人却说起家里的烦心事，直唠叨了半个多钟头。“还有什么别的问题吗？”每次给患者看完病时，她都会这么问。这是上午接待的最后一位患者。其他人都已经走了，诊室里只剩下牙科医生关口良子和主任护士上野郁子。

每隔一分钟，上野就会在诊室后面的通道上来回走动一次。因为她还要进行账务结算，所以午休时间也不能外出。“西出牙科医院”共有五名护士。除了主任护士上野之外，其他几人一下班就出去吃午饭了——上个月新开的一家打着“绿色食品”旗号的餐馆。

关口良子把白大褂松开一个纽扣，想暗示说：已经到下班时间了。但眼前这位老大爷却浑然不觉。上野走到良子的身后，用毫不掩饰的急躁语气说道：

“关口大夫，请把病历簿给我。”

这时，老大爷才终于看了一眼正面墙上的挂钟。他脸上显出惊讶的表情，对良子小声说道：“对不起。”候诊室的窗口传来上野公事公办的声音。私人医院不会主动推荐使用保险治疗[1]，所以医疗费通常动不动就要上万日元。

“正因为它影响着我们的健康，所以才值得花钱。嘴巴是健康的入口嘛。”

院长西出良二在向患者说明治疗方案时，总会说这句话。有很多患者因为费用问题而转去了其他医院。如果不是为了大力宣传植牙、牙齿美容、牙齿矫正，就不会雇请五名护士这么多了。根据患者性格而选择不同的护士接待，也是西出院长的方针之一。

患者是多种多样的：有的喜欢讲自己的情况，有的喜欢发问，有的要求你作详细说明，有的一直不停地发牢骚，有的则对你赞不绝口……

“在我这里工作的话，作为一个护士的基本技能当然是必需的。另外，还要记住一点：你是凭借着殷勤接待顾

---

1 日本的牙科治疗分为两种：“保险治疗”和“保险外治疗（自费治疗）”。

客的技术而拿工资的。”

被西出院长批评一两句而辞工的护士也不在少数。即便如此，在这家以报酬丰厚吸引人的私人医院里，还没出现过持续一个月以上缺人手的情况。在所有护士当中，特别受欢迎的是主任护士上野。她说话声音大小适中，语气柔和而肯定，而且还很注意让患者舒缓紧张情绪……无论哪个方面，她的技术都无可挑剔。上野今年三十三岁，比良子年轻两岁。而且，她还善于团结下属。在这样的职场里，她的大姐风范表露无遗。

下班时间过了好一会儿，上野才出去餐馆吃午饭。良子看着她走下一楼停车场后，才走进楼上的院长室。西出院长正把CD唱片放进心爱的音响里。西出牙科医院的格局是这样的：一楼全都用作停车场，二楼是诊室、候诊室和护士休息室，三楼是没有分隔间的六十平方米大的院长室。西出还没成家，如果想在这里住的话，地方多的是。但他却住到离医院五公里外的、位于市中心的公寓，每天赶过来上班。而他倒也没觉得特别不方便。宽敞的院长室墙壁上，摆放着他业余时间收集的电影DVD光碟和音乐CD唱片。

在音响效果最佳的位置上，摆着院长的办公桌。办公桌前是一套柔软的浅驼色真皮沙发。良子就经常在这院长室里吃午饭。

“今天吃炸猪排三明治和蔬菜沙拉。”

“不是‘今天吃’，而是‘今天又吃’哟。”

良子扑通一下坐到沙发上。西出准备的午餐，是从附近专卖店叫的外卖。音响传出的乐曲前奏，从良子头上飞过，飘向院长办公桌。西出得意洋洋地笑着，在良子对面坐下。

“你好像心情不爽嘛，是不是又被主任说什么了？”

西出一口咬掉半边炸猪排三明治，边嚼边说。良子留意到：他脸上和眼角多了许多皱纹，额角上出现了好几束白头发，而那些逐渐爬向后脑勺的头发也开始失去光泽。对于这些年老的征兆，西出本人却不以为意。他的大眼睛里总是充满了神气——这说明他仍然不满足于自己的现状。

“对了，院长，今天是你的生日呢。”

“嗯，可喜可贺的五十大寿。给我好好庆祝一下吧。”

良子第一次见到西出，是在五年前，她三十岁的时候。当时，她在一家综合医院的口腔外科上班，并开始对自己的技术有了信心。经一位老医生介绍，她认识了西出。

“来我这里的话，肯定能更好地发挥你的技术。”

当时是西出牙科医院刚开业的第二年。从西出嘴里说出来的，八成是自吹自擂的话。一开始，良子觉得这男人很不可靠。后来在代诊过程中，她才逐渐发现：这位院长确实有自吹自擂的资本，他的治疗方针是很正确的。

西出每个月都会为了参加研修而离开几天，即便是要远赴海外他也毫不犹豫。他总想获取最新的技术。

在道东地区的港口城市——钏路市，捕鱼量减少，煤矿也纷纷被关闭。进入平成时期（1989年）以来更是急剧衰退，繁华街道变得一片冷清，只有从那一排排商铺紧闭着的卷帘门还能依稀看出昔日的繁华。北海道的其他地方城市无不如此。人口也逐年减少。市内的牙科医院已经处于饱和状态。

很多人都批评说：“西出的医疗体制过于高傲。”不过，对于他的贪欲，良子却并不反感。良子听说了他从小是个举目无亲的孤儿后，自然也就能理解他了。一个人，如果记忆中从来没有得到过满足的话，那么他对欲望的追求就不会休止。

良子接受了西出的邀请，穿上了佩戴有“西出医院”名牌的白大褂。三个月后，她和西出上了床。

良子原本想和这个贪婪的男人保持一定距离，从旁观察他。她觉得自己肯定不会跟他有什么瓜葛，而且两人之间相差了十五岁呢，所以也就大意了。

可是有一天，他俩之间忽然就生出亲密的男女关系了。当天，两人为一位患者的治疗方案发生了争吵。

“我的技术没有那么廉价。我也不希望你贱卖自己的技术。”

良子认为用保险治疗方案即可，结果却在院长室被训得直掉眼泪。

当晚深夜，西出醉醺醺地来到良子的公寓，头发乱蓬蓬，衣服皱巴巴的。良子一打开门，见他摇摇晃晃地倒向自己怀里，便连忙抱住他……

当时，良子和原来在口腔外科时的同事刚开始交往没多久。对方知道良子和西出的关系后，就离开了她。良子和西出的关系开始五年以来，西出从来没有提起过“结婚”二字。而“我们都还年轻”这样的借口也早已站不住脚。

两人的关系很快就被周围人知道了，还传到了哥哥和嫂子耳朵里。哥哥在同一个城市，经营父亲留下的医院。接着，自然又传到了住在哥哥家的母亲的耳朵里。对于两人的暧昧关系，周围人并不是以温暖的视线关注着。在良子的母亲和哥哥看来，西出是一个贪婪的、乱搞男女关系的人。实际上，只要在他身边留意其行为的话，确实也无法为他说好话。

"听说你的工资比一般标准高一倍哟。你难道没听说吗，别人都在背地里说你那多拿的是小费哩。赶紧和那个男人分手吧。我从没听过有人说他一句好话。"

哥哥经常这么训斥良子。但这个当哥哥的只知道说教，却从没提出过要请妹妹到自己医院来上班，也没有为她介绍过别的牙科医院。良子已经三年没回家了。母亲一年会打几次电话来，但都是说具体事情，几乎从来不和女儿谈心。

跟西出在一起的话，敌人只会越来越多。本来，良子既有技术，又有脸蛋，还经常活跃在市级宣传刊物上，在报纸上开设健康咨询专栏——这样一位优秀的医生，却没能获得积极的评价。

"小费"这个词又在良子的脑里打转。她把它和炸猪排三明治一起嚼碎了，咽下肚子里。良子看看窗外正下着的大片大片的雪花。这都二月份了，钏路市的街上还没什么积雪。良子一手拿着炸猪排三明治，走向院长办公桌后面的窗台。郊外住宅区的各色屋顶上，开始出现白色的积雪。

望着纷纷扬扬的大雪，良子感觉心里轻飘飘的。最近三年，患者人数已经减少到院长一个人也能应付的程度。良子除了担任院长的副手之外，还负责镶牙部门。这家医院的技术专长在于植牙、牙齿美容、牙齿矫正方面，而镶牙只是个次要的部门。

如果不考虑自己和西出的关系，那么留在这里就似乎没多大意义了。除了医院成立时就开始在这里工作的上野之外，其他护士都是在良子之后才进来的。她们刚来时和良子还有正常交流，但渐渐地都变得疏远了，除了工作需要，都不跟良子说话。

有个比较友善的护士辞职离开前，曾悄悄地告诉良子：

“大夫，她们都说你是个不靠技术而靠身体赚钱的女牙医哩。”

说不定，她们在背地里还说得更难听呢。良子无法把这些女人们的闲言碎语都归结为妒忌。她渐渐对自己的技术失去了信心。

被周围人排斥，良子倒没有孤独之感，但却陷入一种不踏实的感觉，难以自拔。看着眼前这轻飘飘的大雪，心情更是忧郁。

无意中，她朝院长办公桌上瞥了一眼，看见电脑键盘上有一份A4大小的文件，于是就伸手拿过来看——这是一份寄送给辖区内各牙科医院的行政文件。她挑着看了看黑体字部分。

“急聘。请求支援。缺少牙科医生。器材齐全。计划四月份开业。”

寄出人是鄂霍次克海边一个小镇的公务所。诊所位于朝日镇——良子只在政府大力推行“村镇合并计划”时期听说过这个地方，并没有去过。即便是人口日渐减少的渔村，也需要牙科医生吧。在人口只有两千左右的村镇里，要去设备齐全的市区牙科医院的话，交通费很贵，所以大部分老人都忽略了牙齿的护理。虽然蛀牙很普遍，但只要不疼就不管它，也不去治疗。——良子感觉这样的现实距离自己太遥远了。

“院长，这事已经定下来了吗？”

“还没有。他们到处在问人，不过应该没人愿意去吧。”

“哦……要不，我去试试看？”

这一瞬间，西出的目光有些游移。他似乎松了一口气，但这表情转瞬就消失了。他显得有些慌张，从良子脸上移开了视线。“我是开玩笑的。”——良子错过了说这句话的机会。

也许西出已经厌倦了两人的关系，这并不奇怪。最近，他似乎又发现了新的目标。从他那强硬的工作作风和灵巧的指尖，很难想象到他对女人如此缺乏抵抗力——不知是无法掩饰还是根本就没打算掩饰。其实，是哪种都无所谓。

一直以来，西出不时就会勾搭上别的女人，有的是逢场作戏，有的甚至还是认真的。但无论如何，西出都没有和良子提过分手。两人的这段关系，取决于良子的一个念头——她提出分手的话，就会结束；但只要她不提出来的话，就会永远维持下去。

良子把手上拿着的炸猪排三明治塞进嘴里，一口吞了下去。然后，她面对西出的侧脸，努力保持着平静，说道：

“如果可以的话，这个事情，你帮我联系一下吧。”

雪已经停了。低垂密布的云比刚才的颜色更浅了。西出从沙发站起身来，慢慢地换上一张平克·弗洛伊德的CD唱片。

随后的一个月，良子去朝日镇牙科诊所赴任之事进展迅速。据说，整整十年以来，当地都没有牙科医生。镇政府曾向公众承诺说要聘请牙科医生，但一晃五年过去了。

良子在三月底就辞掉了西出牙科医院的工作。她说至少需要十天时间来收拾行李、订购缺少的器材，以及办理各种手续。朝日镇牙科诊所计划在四月下旬开业，良子决定在月中时搬过去。

三月份的最后一个星期五，大家在医院附近的西式酒吧举行了简单的送别会。坐席设成两排，相向而坐。良子、西出、上野按席位高低依次坐在一边。四名年轻护士则坐在对面。酒一下肚，护士们开始畅所欲言，气氛才变得活跃起来。良子默默地吃着接连端上来的特色菜。除了吃，她也没什么可做的。

上野在旁边殷勤地为西出斟酒。而她每次斟酒时，西出则往良子的杯子里斟酒。良子轻轻地说了声谢谢。西出的视线落在良子的眼睛上。良子等着他说话。西出刚张开嘴时，上野却宣布宴会到此结束，让西出带头干杯。

这一顿美酒佳肴，吃得几个护士心满意足。她们临走前纷纷向良子道别，脸上的笑容几乎可以让人不再计较她们平时的冷淡态度。上野结完账，把钱包还回给西出，然后站在良子面前，对她说道：

“当听说您要去那偏僻地区赴任时，我非常感动，心想：关口大夫果然是个高尚的人！希望您到了那边以后，也要好好保重身体，努力工作。”

上野说这话时，完全是一副“关心体贴”的语气，跟平时接待患者没什么两样。她得意洋洋地挺着安哥拉山羊毛衫下突起的胸脯，微微一笑。随后，她笑容满面地转向西出，简单地告辞后，便离开了酒吧。

良子一时愣住了。西出呼地长叹了一口气。两人一起向酒吧外走去。晚上风很大，外面的空气寒冷得几乎要削掉耳朵。

“再去喝一杯吧。”

西出邀请道。于是，良子就跟他坐上出租车，前往繁华闹市。两人来到一家大概只能容纳十个人的小酒吧。酒吧里小声地播放着爵士乐。曾经有一段时期，每逢周末，两人都会约好来这里，小喝几杯，然后一起去良子或西出的公寓。良子在吧台旁边坐下，解开脖子上的围巾。她呷了一口端上来的马提尼酒，嘴里嚼着橄榄。

“院长，你刚才是不是有什么话想说的？”

“噢，我想说什么来着？我也忘了。”

去朝日镇赴任的事进展得很顺利，这让良子感到有些困惑。然而，她心里一直有个疑问：西出收到那封文件时，为什么没有第一时间推荐我去呢？无论我是否答应，这都是甩掉一个女人的好办法呀。每次问完自己后，都得出一个答案——这段关系，最终还是要由自己来结束。

坐在对面的几个客人离开了酒吧。安装在天花板上的音箱传出的乐曲音量稍稍放大了些。刚刚还在柜台里的老板也走开了。

良子喝完第二杯的最后一口，她想起了西出的身体。想到这，她不由停下手来。不过，当她把酒杯放回杯垫上时，这种感觉一下就消失得无影无踪。

离开酒吧时，西出并没问良子要不要去他那里，良子也没邀请他去自己的公寓。两人的公寓都在这附近，走五分钟就能到。可是，彼此的房间里，都已经没有对方的容身之处。两人走到拐角处，平静地互相挥手，就像熟练地完成一件既定工作一样。

良子回到公寓。房间里堆满了用来搬运行李的纸箱。

她在浴室前脱掉内衣裤，随即把皱巴巴的蕾丝内裤扔进洗衣机。她的动作逐渐变得粗暴起来。她已经考验过西出了。此刻，她想尽早远离这一现实。即使要前往一个没有购物天堂、没有电影、没有性爱的小镇，也无所谓。

四月十三日，一场不合时宜的大雪再次染白了街道。不光下雪，风也吹得很猛。广播报道说，单单一个上午，积雪就已经有十厘米厚。人们经常能听到“气象观测史上第几第几”之类的话。道东地区每年都会出现所谓的“异常气象”，但良子却没有兴致去了解最近又有哪些异常，她觉得自己对外界刺激已经麻木了。

良子看着一箱箱行李被装进车里。办完公寓退租手续后，已经是下午两点多。自从那天晚上的送别会之后，她就没有再见过西出了。想在临行前打个电话，但又不知道该说什么。

良子在地图上确认过大致线路之后，就往朝日镇方向驶去。路上几乎没见到从钏路市驶向鄂霍次克海方向的车辆。无钉防滑轮胎驶过路面，溅起像冰糕一样的雪。要不是搬家离开的话，简直都想调头折回去了。每年要到过完五一长假之后，才会换上夏季轮胎。住在道东地区，“樱花前线”听起来更像是遥远异国之事。这个季节应该已经开始发芽的新绿在这里也难得一见。

穿过国道之后，在各种道路上辗转。即使天气晴好，路途也需要近三个钟头。行李要到第二天上午九点才送到。行驶了大约一个钟头时，良子渐渐感觉到积攒了几天的疲劳。她心想，接下来慢慢开吧，于是就在沿路的停车区停了下来。

车子的引擎盖上，掉落着许多含水的雪片。挡风玻璃上的积雪因其自身重量而缓缓滑落。一瞬间，视野变得敞亮起来，眼前呈现出一派使人误以为是冬季的景象。不一会儿，重新积起的雪和车窗内侧的结露又慢慢地遮挡住了视线。

那个新地方，还有两个钟头的车程，要沿着这条冰雪之路翻过山岭才能到达吗？她觉得一切都如此麻烦。

放在副驾驶位上的挎包里响起手机的振动声。良子连忙打开来看——是母亲打来的电话。这半个月以来，她时刻在心中提醒自己不要再抱任何期待。然而，这份决心却因为一个来电铃声就一下动摇了。

“喂，良子。我刚刚才听说你要搬走。新地址在哪里呢？以后要去哪里的医院上班呢？”

“这次要去的诊所就只有我一个医生，那地方叫朝日镇。”

“朝日镇？在哪里呀？”

“在鄂霍次克海旁边。新地址嘛，你问一下我哥就知道。不过，知道‘朝日镇’就够啦。”

“你跟西出分手了吗？”

从小娇生惯养的母亲，问起这样的问题也很直接。

“算是吧。”

“祝贺你。”

“祝贺什么？”

“当然是祝贺你自立门户啦。”

良子说了声“谢谢”，然后就挂掉电话。这时，她才发现自己的手冻僵了，于是就把暖气温度调高了些。

车翻越过了山岭。这边并没下雪，但外面的气温似乎更低了。按之前说好的，一到小镇，良子就打电话给镇公务所的保健福祉科。然后，她在国道沿线的小站等人来接。偶尔映入眼里的民房，全都被海风吹得灰不溜秋的。人居住的房子和城堡建筑景点混杂在一起，颇有天差地别之感。

小站里摆着各种土特产、干货，还有自动售货机，但却给人一种好不容易才填满柜台的感觉。看样子，应该很少人会来光顾。柜台上摆放着小镇的地图和宣传册。柜台里坐着一个板着面孔的年轻女店员，大概是没办法离开小镇所以才留守在这里的吧。这个小站，既无助于促进就业，又和小渔村的景色格格不入，反而成了一种累赘。

保健福祉科长开车在前面引路，良子的车跟随着驶入了朝日镇的中心区。先前在国道上行驶时，都没看出原来这个小镇地势挺开阔，还建有一排排古旧的民房。据说，在附近村镇之中，这朝日镇的人口是最多的呢。

行驶途中，不时看见许多显然是从阿伊努[1]语音译过来的地名。短桥上印着的名称也念不出来。在前面开车引路的，据说是附近村镇有史以来的第一位女科长。女科长的车闪着危险警示灯停了下来。

“就在这里。”

良子下了车，顺着女科长所指的方向抬头望去，只见前方有一栋无论怎么看都极其普通的民房。

一楼是诊所，二楼是住宅——良子之前已经听说过。不过，他们还花了五百万日元把这栋三十年前建的房子翻修了一下，这个倒是之前没有听说过的。

1　阿伊努：住在北海道的日本原住民族。

入口处的大门是崭新的，显得跟整栋房子有些脱节。门前有个新设的公共汽车站，写着“朝日镇牙科诊所站”。房子旁边留有可容纳三辆车子的停车位，上面铺着小石子。女科长动作麻利地打开大门锁。

“屋里已经全部装修好了。关于关口大夫您的介绍和诊所的宣传资料，我们接下来会继续做。已经有很多村民问起诊所的情况，这样我们也就放心了，不用担心到时没人来。”

光线明亮的候诊室里，已经摆放着从西出医院转让过来的候诊椅——两条五人座位的无靠背长椅相对着摆开，但候诊室并不让人感觉到狭窄，中间还留有放得下一张小桌子的空位。诊室也很宽敞。里面有两套治疗台，虽然是旧式的，但还能用。中间立着一块低矮的隔板。用屏风隔开的一块地方摆放着消毒器材，里面还有个小小的X光室。如果要自己置办这全套设施的话，少说也得花三千万日元。这诊所的外观看起来和民房差不多，根本想象不到里面有这么齐全的设备。

“这些设施器材是什么时候买好的呢？”

“一年前。”

女科长脸上流露出一副难以启齿的表情。她告诉良子说："其实，本来是一位打算在家乡安度晚年的老医生要来的。老医生提出说每周只出诊两天，镇公务所也勉强同意了。可是，就在这万事俱备的时候，老医生突然病死了。这些器材全都是由老医生的家属提供的。"

"我不该问起的。"

"没事。反正迟早总会听说的，就这么个小地方嘛。你不介意吧？"

女科长问道。良子摇摇头。她只身来到这个长期缺少牙科医生的小镇，对当地情况毫不了解。等待着她的，是什么样的患者呢？首先，真的会有患者上门吗？……想到这些，她就觉得忐忑不安。

"我们这里虽然是个很不起眼的小渔村，不过，可以开车去附近的摩周湖走一走。知床景区也比想象的近。另外，还有公私合营的温泉设施。我觉得嘛，这里的居住环境也并不像大家所说的那么恶劣。"

女科长说完，又换了个话题，问良子为什么愿意接受朝日镇的聘请。

"因为和男人分手了。"

良子想看看年纪相仿的女人听了会是什么表情。女科长连眨了几下眼睛，然后微微一笑。

“原来如此。”

诊所开业的这一天终于顺利到来了。不过，事先打电话预约就诊的只有一位患者。候诊室里摆着西出寄送来的花束，占了半张铺席。良子的母亲和哥哥联名寄来五十万日元的礼金。良子不想被别人发现自己对无人预约就诊感到不安，所以就没给他们回电话。

“女医生也能给人镶牙吗？”

第一位患者是个皮肤黝黑的六十岁老大爷，看样子像是渔民。良子想反驳说“是不是女医生和镶牙根本没什么关系”，但话到嘴边又连忙咽了回去。在这里反驳患者对女牙科医生的不放心，其实毫无意义。

看一个人的口腔，就能了解他的性格和生活习惯。老大爷的臼齿磨损严重，可以说全都坏掉没用了。大概是长期在海上打鱼时咬紧牙关造成的。这副牙齿，咀嚼食物也很成问题，可能已经对内脏造成了很大的负担。几乎所有牙齿都被腐蚀了，也难怪他会主动提出要镶牙。

“坏掉的牙齿，我会依次拔掉。接下来的一段时期，用牙会有些不方便。不过，早点儿治好，就能吃上可口的食物啦。”

“要花多少钱呢？”

“光是镶牙的话，包含手术费用在内，大概五万日元左右。”

“市区的牙科医生胡扯，说用保险治疗方法是治不好的，简直就是敲诈嘛。”

“各个医生有各个医生的想法，都没有错。如果是要用人工牙根或好材料的话，当然就属于保险外治疗的范围了。说实话，技工手艺都差不多，所以虽然价格相差很远，但我觉得实际使用的感觉并没有那么大的差别。”

“你为什么向我推荐便宜的保险治疗呢？”

“你以前应该没怎么看过牙吧。要镶牙的话，制作假牙不难，难的是适应过程。镶了牙也有可能不适应的。我考虑到以上的情况，所以根据自己的主观判断给你选择了保险治疗。对不起，让你心里不痛快了。”

老大爷一边用手心摸着胡子拉碴的下巴，一边说道：

“没关系啦。贵也好，便宜也好，你觉得好的话就给我镶吧。”

第二天，老大爷带了一个十岁的小男孩过来，是他的孙子。

“带去给市区里那些大医生看过，说是有的牙位生来就长不出成人的牙齿，要等到二十岁时拔掉乳牙，再装上金属牙根。大夫，你也给他看看吧。”

良子给小男孩拍了X光，发现他下排第五颗牙位两边都没长出恒齿。作为治疗方法，确实是可以等乳牙牙根溶掉之后，将乳牙拔掉，再植入假牙。有时也可镶牙桥。不过，幸运的是，从X光片看到，智齿的齿根是直接对着正上方的。考虑到下颚的生长，可以预测到，即使不管它，到时牙齿也会长出一半来。

“有一种说法是这样的：恒齿缺损是人类进化的证据。因为不用再啃硬的东西了，所以下颚就不需要这么发达。至于治疗方案，则有各种不同的思路。考虑到他才十岁，拔掉乳牙、从整体上进行矫正也是其中一个方法。”

“嗬。”老大爷眯缝着眼睛，发出了一声赞叹。

只要假以时日，全部牙齿都会一点点、一点点地逐渐贴近，最终排列得整整齐齐。良子已经很久没有像现在这样，不必咨询任何人的意见，自己确定治疗方案了。老大爷说了句“我们听你的”，预约了下次就诊时间，就回去了。良子忽然想起了医学院教授常挂在嘴边的一句话：“技术和头脑，要用到患者身上！”西出从前读书时，应该也听过同样的话吧。

从第二天开始，每天预约就诊的有十来人。在没有助手，全靠良子一个人治疗的条件下，这个数字还算比较理想。如果人数翻倍的话，可能多少会感觉忙不过来吧。考虑到有些患者的治疗过程会超出预定时间，这样的就诊人数刚刚好。对于诊所来说，算是一个顺利的开始。在患者病历表的“介绍者”一栏上，经常出现同一个姓名——就是第一天来就诊的那位老大爷。

五月初，气温终于维持在十度以上了。五一长假之前，良子鼓起勇气，给西出打了个电话。经过这么一段时间，现在的自己应该不至于说出懦弱的话来了。这个钟点，西出大概刚下班，回到院长室吧。

“还顺利吧？”

“嗯，谢谢你送的花。回复迟了，对不起。”

“不用客气。如果需要什么帮助的话，请随时开口。”

离开他的这一个月以来，良子甚至连他的声音都没听见，也同样熬了过来。这使得她信心大增。不过，还没到见面的时候。而且也没有理由再依靠他。

“五一长假你回来吗？”

“我打算在这边度假。附近有很多条好玩的自驾游路线，我可以每天去泡不同的温泉。”

“这样啊。”

西出笑了一下，随后陷入了沉默。良子瞅准时机，道谢之后就挂了电话。真是干净利落！她心情畅快地打开窗。夜晚的海风一下拥进了房间里。

良子回过头，环顾室内。客厅里冷冷清清，引人注目的只有几面墙壁。客厅角落摆放着一张孤零零的小双人床。客厅两侧各有一个日式房间，但房门紧闭着，被用作衣橱和杂物间。这样的房间布局，显然是以没有客人来访为前提而制定的。

厨房、客厅和寝室合为一体的大房间，就像是个飞机驾驶舱，想拿取什么东西，一伸手就能够得着。住在这里，无需顾虑他人。而逐渐渗透全身的孤独和寂寞，则需要时间去适应了。

六月下旬，这个海边小镇也开始弥漫起了夏天的气息。柔和的微风开始吹过来。风平浪静的大海总是呈现出深蓝色。阳光照耀时，海面闪闪发光。

五一长假期间，良子驾车四处兜风，去了很多附近的村镇游玩。风景固然很美，但与此相反的是，村民们的生活圈子总是千篇一律，死气沉沉。国道沿线有豪华的便利店和宿营设施，是为来自全国各地的游客而准备的。

在旅途中，良子还为蛀牙疼痛忽然发作的患者进行治疗。事后，良子收到了感谢信——收信人地址只写着“朝日镇牙科大夫”。这些细微的幸福感日积月累，使良子逐渐从驾车奔赴朝日镇当天那种难以名状的绝望心情中走了出来。

周末，气温升至近三十摄氏度。良子送走最后一位患者，松了一口气。在假期安排方面，良子和镇公务所职员享受同等待遇，即星期六和星期天都休息。每逢星期五晚上，她都会考虑接下来的两天如何度过，这已经成为一种习惯。

良子想再去一次摩周湖看看。比起挤满观光巴士和游客的正面瞭望台，她更喜欢对岸的宁静氛围。想去哪里，想看什么地方，全都随心所欲。可以一边看湖，一边吃从便利店买来的盒饭。回去时，顺便在川汤泡个温泉……她一项接一项地设想着各种计划。没有束缚的生活，一旦开始觉得寂寞，就会一发不可收拾，令人恐惧。能抵御这种恐惧感的，只有自己所获得的寂寞的自由。

下面停车场似乎传来停车的声音。良子连忙拿出预约表来看——今天的预定任务已经全部完成了。磨砂玻璃前，有人影经过。那人从大门口走进来。良子打开候诊室的门，只见眼前站着一个人，西出。

“院长，你怎么来啦？”

“你也是院长啦。”

西出笑着说道。他比三个月前看到时更瘦了。这显然是一种病态的瘦。良子虽然对内科一窍不通，但也能一眼就看出他身体状况不佳。看见他这个样子，良子一时迟疑了，连“你瘦了”之类的话也没说出口。

西出的脸颊凹陷下去，一笑起来就显得更老了。良子既没说话，也没有敷衍地笑一下，只是怔怔地看着他。

“你怎么啦？像看见鬼似的。”

“对不起。我是根本没想到你会来，所以觉得很惊讶。快进来吧。”

西出穿上良子递过来的拖鞋，走进诊室，环视着敞亮的室内。

“这地方挺不错的嘛。”

良子没有回答，而是顾自把用过的医疗器具放进清洗液里。不知不觉之中，她已经能够不看西出的脸色而行事了。

“我外出兜风，就顺便拐过来，想看看你过得怎么样。”

除了脸颊消瘦之外，似乎没看出情绪上的明显变化。光听他的声音，还像从前一样冷静，令人感觉熟悉而亲切。良子深深地吸了一口气，然后慢慢地呼出来，心跳也恢复正常了。她确认过消毒器的开关之后，转过身来。

“我过得挺好的呀，如你所见。眼下，我暂时全都给他们做保险治疗，所以还比较辛苦，勉强能对付吧。不过，这里的人对我很好，经常送些鱼和蛤蜊给我。我厨艺很差，所以就跟他们开玩笑说：‘有没有不用下厨就能吃的呀？’结果他们真的给我送了生鱼片过来。我这要求挺过分的吧？”

候诊室里好像有人——住在公路对面的老婆婆过来了。当地人都尊称她为“海姑”。

“这位客人有点面生，大概是外地人吧。这个，拿去一起吃吧。肯定比你们那里的餐馆好吃多了。”

海姑一张嘴说话，就露出了刚镶上去的闪亮的门牙。她一边说着，一边把木制饭盒递过来，里面装着扇贝烩饭。还没等良子说声谢谢，她就趿拉着木屐走掉了。前后也就一分钟时间。西出不由愣住了。良子看着他的侧脸，说道：

“看这样子，一会儿还会有人过来送生鱼片。”

西出脸上露出怀疑的表情。然而，刚过几分钟，良子的预言就实现了。这次过来的，是一位住在诊所后面的独居老人。

“我听对面海姑说，你这儿来了客人，所以就拿些平鲉生鱼片过来。刚从海边捞上来的，还很新鲜。请慢慢吃。”

老人递过来一个盛满了生鱼片的泡沫塑料盘子，然后快步走出了诊所。来送东西的人，大概是不想让良子道谢吧，一个个都是放下东西就低着头走掉的。

“既然这样，你难得来一次，那就上二楼一起吃吧。”

朝日镇靠近半岛，所以和北部不同，能看见夕阳沉入海面。良子打开二楼房间的窗户。夕阳仿佛像一颗逐渐溶化的大糖球，静静地向海面移动。

良子看见睡衣还搁在床上，连忙拿起来扔进洗衣机里。西出的视线一边寻找坐的地方，一边追随着良子的身影。这里既没有沙发，也没有坐垫。良子将就着在电视机前摆开桌子，把饭盒和生鱼片放在桌上，再摆上筷子和小碟子，说：“吃吧。”西出轻轻地点了点头。

“要喝啤酒吗？”

良子在厨房问道。背靠床边坐着的西出回答说：“给我来杯茶吧。”良子把水烧开，沏了一杯茶，端到桌上，才在他对面坐下来。在这过程中，两人一句话也没有说。

夕阳渐渐西沉。两人在昏暗的房间里默默地动着筷子。良子忍不住起身开了灯。她吃着分到碟子里的扇贝烩饭，又喝了一口变凉了的茶。生鱼片很新鲜，但却食之无味。她偷偷地看了一眼对面——西出似乎也是一脸沉闷的样子。良子放下筷子。

“发生了什么事吗？”

西出沉默了几秒，然后回答道：“也没什么事。”他的视线一直没离开过碟子。

“你的身体状况好像不太好。”

“确实感觉有些累。没办法呀，得力助手走了嘛。不过，看见你过得挺好，我也就放心啦。”

良子把剩下的饭和生鱼片吃完，把茶杯里的茶喝完了。这时，西出慢慢地站了起来。良子也立刻站起身来。她有一种冲动——想问他为什么要来。不过，她耳边响起了自己的声音：还没到时候。

“谢谢你的款待。好好加油。”

“你又要一边开车，一边放大音量听皇后乐队的歌了吧？”

“没错。”

西出那颧骨突出的脸上露出了笑容。良子不顾西出制止，还是坚持送他来到屋外。西出一坐上车，也没往良子这边看一眼，就立刻开走了。夕阳已经沉下去了，昏暗开始向周围扩散开来。良子感觉浑身直起鸡皮疙瘩——这不仅仅是因为气温开始下降的缘故。

“他一定是后悔跟我分手了。”一种确信充满了良子的体内。她对着海面上空那颗闪亮的星星凝望了好一会儿。“说不定车会开回来呢。”在夜晚的寒气中，皮肤越感觉冰冷，这种期待就变得越发热切。

可是，一直等到海风吹湿了头发，西出的车也没有出现。

一个月过去了。这段时间以来，每次听到停车场传来停车的声音，良子就以为是西出又来了，不由停下手来。白天还能集中精神投入工作，一到夜晚，她就会突然觉得忐忑不安。每次听到电话声响，眼前都会闪现出西出那张消瘦的脸庞。

七月，小镇上和大海上都呈现出一派夏天的景色。知床半岛的积雪也消融了很多。良子正准备出诊时，接到了保健福祉科那个女科长打来的电话。

“大家对诊所的评价很好啊。”

良子一拿起话筒，就听到了对方的赞扬。自从到朝日镇赴任以来，良子不断接受宣传部门和地方报社的采访。而进行采访策划的，正是这位女科长——她会事先设计好问题，并告诉良子应该如何回答。这位女科长表现得如此积极，或许是因为她为良子的低调宣传而深感不安，又或许是为了实现她自己的理想吧。总之，看起来，她正为了给新来小镇赴任的女医生营造口碑而四处奔走。

也许正因为她是小镇上的第一位女科长，所以才被摊派了多出一半的工作量吧。

女科长打电话来，主要是想请良子在放暑假前教小学生们如何刷牙。良子回答说：“只要是工作日的中午时间段，都可以。”教小学生们刷个牙，还需要事先获得教育委员会、福祉科和学校方面的批准。

挂掉电话后没过一会儿，电话又再响起。良子心想：大概是有什么事情忘说了吧。她拿起话筒，慢吞吞地说道："喂——"然而，电话那头却不是女科长，而是西出牙科医院的上野郁子。

"对不起，在您百忙之中还打扰您。有个事，您听了肯定会觉得很突然吧。院长病倒了。"

良子一时说不出话来。她手里握着话筒，头脑里不断重复着对方说的话："院长病倒了，院长病倒了……"同时，她脑里还冒出一个念头：这个女人还是老样子，净说客套话。

上野在电话中慢慢地说道：

"星期六晚上十一点，他在院长室昏倒，然后被送去医院抢救。是脑栓塞。"

"有性命危险吗？"

"没有。不过，据脑外科医生所说，康复后右半身有可能会瘫痪。他现在已经醒过来了，但没开口说过一句话。医生说，语言功能应该没受什么影响。"

良子松了一口气，但同时又心生疑虑："西出是两天前昏倒的，而星期六是休息日，晚上昏倒在院长室，那么到底是谁发现的呢？"

上野小声回答说："是我发现的。"

听到这话，良子就没有再往下问了。

“他不肯吃东西，也不肯吃药。我也不知道该怎么办才好。所以，明知您很忙，还是冒昧地给您打电话。”

电话那头，已经没有了往日当同事时那种咄咄逼人的气势。良子感到上野似乎有些支支吾吾，于是就等她继续说。这片刻的沉默，虽然只有短短几秒钟，但却像过了很久。

“我能跟您见个面吗？”

“好的。今晚我一下班就赶过去。”

良子记录下医院名称，然后抢在上野挂掉电话前问了一个问题：

“为什么你会找我呢？”

沉默了几秒之后，上野回答说：“我是根据自己的主观判断。”

良子放下话筒，暂时放下心来——总算知道了西出的身体状况。

她心想：现在不是担心的时候，等见到西出之后再担心也不迟。我自己好歹也算是个医生吧。然而，一想到不知上野为什么要见自己，心情就变得有些郁闷。她站起身来，系上白大褂的纽扣。忽然，她心里浮现出一个问题：今晚，和上野、西出见过面之后，我又该何去何从呢？她意识到自己内心开始动摇，于是连忙打住。

当晚，良子回到了钏路市。自从大雪纷飞的四月离开这里之后，还是头一次回来。她从前住过的公寓房间，现在已经亮起新的灯火。她找到一家这么晚还在营业的花店，买了一个花篮。

“丹顶纪念脑外科医院”。

近年出现了不少这种建在郊外的大型私人医院。耸立在楼顶上的那块画着仙鹤图案的招牌，被几盏彩灯照得格外耀眼。良子看了看手表，表针正指向七点五十分。

医院里已经没有前来探病的访客了，非常安静。良子一走进三楼住院部，就看见上野坐在护士值班室旁边的长凳上。上野看见良子，便站起身来，慢慢地点头行礼。上野似乎瘦了一些。她没戴护士帽，脸上化了淡妆，涂了粉红色的唇膏，但还是掩藏不住眼睛下方渗透出来的疲惫之色。她身上穿着米色的夏季针织衫和牛仔裙，看起来显得十分柔和。

“我一直在这里等着您呢。”

上野说完，就带良子来到一个写着“家属谈话室”的房间门前。良子本来还以为会先去病房呢。她一边为门上的“家属”二字感到尴尬，一边走进房里。室内摆放着两套四人桌椅，还有一个专卖饮料的自动售货机。上野把挎包搁在最里面的椅子上，然后按下自动售货机的按键。

良子接过纸杯盛着的咖啡，喝了一口。很甜。她耐心地等待对方开口。说不定，今晚见不着西出就要回去。

“谢谢您大老远地赶过来。”

“请告知院长的情况。”

“他刚才一直在睡觉。现在好像醒了。”

——听上野说话的语气，难免有这样一种感觉：她本来想挑选平淡的措词，结果选累了，才终于开口说出来。

“西出医院现在怎么样了？找到代诊医生了吗？”

上野没看良子的眼睛，摇头说道：

“现在就只剩下我和有纪两人了。而且她也打算这个星期就辞职。我联系过代诊医生，但没人肯来。”

从上野口中，良子才第一次听说了西出牙科医院经营困难之事。五月中旬，当地报纸登载了一篇报道，公开批评某家私人医院的经营方针和昂贵的医疗费。虽然没有指名道姓，但显然说的是西出牙科医院。这篇报道一出来，顿时引发了人们的各种议论。

更糟糕的是，这篇报道的作者是今年春天刚当选的无党派市议会议员。对他来说，这次可能是个谴责贫富差距社会、宣传平民派主张的绝好机会吧……

上野说完，才终于抬起头来。

“到处都能听到不好的传言。仅仅这个星期，就已经有五个人告诉我说西出医院快要倒闭了。医院成立六年以来，还是头一次听到有人这么说。”

考虑到西出医院没有实行法人化，如果院长半身不遂，那么医院将很难重振旗鼓。上野脸上又露出了一筹莫展的表情。

“你想见我，就是为了这事吗？”

良子问道。上野一下绷紧了脸，皱起眉头。

“关口大夫，您应该知道医院负债的事吧？”

“手头上的资金很难维持医院运营，这点还是知道的。牙科医院经常都是负债累累的呀。”

“这么说来，您早就预料到医院迟早会变成现在这样咯？”

“关于医院经营和院长病倒的情况，我都是今天才知道的。你能告诉我，我感到很欣慰。谢谢你。”

上野板着脸说道：

“我觉得，您是了解这所有情况才离开院长的吧。我还知道，一个月前，院长去过朝日镇找您帮忙。你这岂不是接连两次地背弃了他吗？”

良子不为所动，甚至都懒得辩解。她心想：这种话，我还要再听多少次呢？她已经对上野的话失去了兴趣，于是就站起身来，毫不掩饰厌烦的表情：

“对不起，能告诉我病房号吗？”

上野抬头看着她，嘴唇半开。良子看看手表，表针正指向八点半。被西出勾搭过的女人责问，这也不是第一次了，对方说得越狠，她反而变得越冷静。剩下的问题是：西出的病房，是你去还是我去？良子把郁积在肺部的气息一吐而空，然后又深深地吸进去。上野也站起身来。两人互相对视了几秒。随后，上野慢慢地垂下布满血丝的眼睛，说道：

“三二七号房。”

良子目送她走进电梯。两人的视线没有再次相接。看着电梯门合上，良子顿时感觉手上提着的花篮比刚才轻了很多。

良子走进病房。躺在病床上的西出把视线转移向天花板。他比上个月去朝日镇时更瘦了。这间单人房很宽敞，甚至摆得下四张病床。但病房里连一朵花也没有。西出没有说话。良子把花篮放在窗台，默默地坐在床边的椅子上。

西出的脸庞，大概到良子胸前的高度。良子心里并没有明显的情感变化。她想，既然他不说话，那我也默默地陪着他好了。她的全部情感都被锁在心底，没有焦躁，没有不安，没有憎恨，甚至也感觉不到怜悯。

关灯前，主管护士过来确认输液情况。虽然早就过了探视时间，但护士并没让良子回去，只是问她从哪里过来的。良子说朝日镇。护士测完输液速度之后，抬起头说道：

“这么远啊，路上得花挺长时间的吧。”

良子从放在脚下的挎包里取出一张名片，递给护士。

“我尽量明天再来一趟。如果有什么需要的东西，请随时给我打电话，我会立即带过来。”

护士看了看名片，又看了看良子。

“冒昧地问一句，您是病人的家属吗？”

“不是，我和他没有血缘关系。”

护士微笑着点了点头。

“好的。联系人一栏，我就写关口良子女士啦。如果您有什么问题的话，请随时打电话。”

现在给西出打的吊瓶，其实只是补充水分和营养。只要他肯喝水和进食的话，是没必要打的。关于西出对待治疗的态度，护士从头到尾都没有提起过。护士离开后，病房里又陷入了不知何时才是尽头的沉默。良子感觉自己似乎在和整个病房一起坠向深渊。

仰卧着的西出挪动了一下身体，背对着良子。良子隐约闻到一股病人特有的酸味。西出用扎着吊针的左手抓起瘫软无力垂在腰间的右胳膊，往身体前方移动。良子抑制不住冲动，双手一把抓住他的右胳膊。感觉到那像木材一样粗糙的胳膊散发出的体温，良子于是抓得更用力了。

“你怎么来了？”

西出的声音让人联想到枯叶。因为没有喝水，他的嗓子干巴巴的，说一句话就咳个不停。良子从洗脸台水龙头接了一杯饮用水，端到他的嘴边。水一点点地流进他嘴里，断断续续的咳嗽也停住了。

“明天我会带齐需要的东西过来。可能会打搅你。我做我的，你不用管我就好了。”

没等对方回答，良子就走出了病房。

一下班就立刻前往钏路市，大半夜再赶回朝日镇。这样的日子，大概每三天一次，持续了两个月。有时实在太累，也会隔四天才去。就这样一直坚持到了西出出院，幸亏也没把身体累垮。

虽然做了反复的康复训练，但西出的右胳膊还是不能灵活地活动。走路时，右脚也稍有些跛。他很少开口说话，只在必要的时候才回答一两句。不过，他倒是肯按规定进食和吃药了。主管医生说，眼下这样的恢复效果还是比较满意的。

至于资产问题，根据律师和税务代理师的建议，不得不选择申请破产。西出即将失去牙科医院的地皮和房子，还有他的私人公寓。良子尽可能不带感情地向西出传达，而她每次进行汇报时，西出也只是轻轻地点头。良子还听别人说，上野在札幌市找到了新的工作。

良子的母亲只打过一次电话来。

“良子，我听到一些奇怪的谣言。”

“那不是谣言，而是真的。”

从那之后，母亲就没再打电话来了。

办完出院手续后，那位三十岁出头、年轻有为的脑外科医生在另一房间嘱咐良子：

“在他感觉到手麻痹、异常的阶段时，应该就已经意识到自己的病情了。如果他想求助的话，应该能在昏迷之前叫救护车的。我们还发现，他并没有因为获救而感到高兴。希望你能多给他一点儿帮助。”

那天，西出苏醒过来的时候，想到了什么呢？良子一想到这儿，浑身直起鸡皮疙瘩。

九月将尽。浓雾消散后，浮现出一片广阔的深蓝色天空。良子接西出出院，让他坐在副驾驶位。然后顺便去了一趟西出的公寓，拿了许多换洗衣服和随身用品，塞满了后备箱和后排座位。

离开钏路市时，已经到傍晚了。从河口看，夕阳红彤彤的，仿佛就快熟透了。苍茫的暮色中，良子驾车开往朝日镇。中途停了一次，到便利店买了几瓶水。那位主管医生交待说，一天至少要摄入两公升的水分。西出接过水，很顺从地喝了。平时不爱吃的菜，只要良子让他吃，他也顺从地吃下去。

车翻过山岭时，已经暮色沉沉。山间道路上一片漆黑，也不见有往来车辆。本以为在副驾驶位上睡着了的西出忽然说话了。今天他还是第一次主动开口。

“能顺路去摩周湖看看吗？”

“明天也是休息日。白天去景色更好吧。”

“最近我在报纸上看到说，天气晴朗、没有风、没有月亮的夜晚，能看见倒映在湖面上的星星。我想去看看。”

“好吧。我开过去。”

顺路去趟摩周湖，最多也就晚一个钟头回到诊所而已。

西出呼了一口气，说了声谢谢。这两个月以来，西出还是第一次向良子提出请求，也是第一次向她道谢。

良子考虑之后，决定去摩周湖后面的瞭望台。那里灯光很少，高度也只有一百米左右，比其他瞭望台低，可以更近地看到西出所说的“倒映在湖面上的星星”。

良子把车停在离湖边小路尽可能近的地方，熄灭车灯，下了车。周围非常暗，令人感觉脚下很不踏实。不过，眼睛适应过来后，就能发现头上有几颗闪烁的星星，微弱的星光照在地上。借着星光，瞭望台边的一排栏杆，以及栏杆下面的山白竹隐约浮现在黑暗中。

良子扶着西出的左手肘，指着栏杆的方向。西出拖着右脚，向前走去。铺着拼接地板的小路稍有些凹凸起伏，不如想象中那么平整。良子担心西出会被绊倒，于是用力扶着他。西出轻轻地扭动身体，挣脱开良子的手。于是，良子就在后面保持一步距离，跟着他慢慢地向前走去。走了几十步，离刚才停车的地方大概二十米远，看见了栏杆。西出走到可以俯瞰湖面的栏杆旁边。

在湖的上空，显得格外明亮的两颗星星倒映在镜子一般的湖面上。两颗星星既没有紧挨着，也没有远离。良子屏住呼吸，凝望着星星的幽会。一开口说话，这两颗星星也许就会突然消失吧。周围一片寂静，甚至令人不敢呼吸。良子的视线寻找着溶化在黑暗中的湖的轮廓。可是，除了浮在水面的两颗星星之外，什么也看不见。

西出的双手扶着栏杆。空气在流动。良子悲伤地偷偷看着他那张消瘦的脸颊。紧闭的情感之门，轻轻地打开了。

——我不能任由他这样死去。

意识中的水底是一片荒野，憎恨的气泡从荒野升起来，摇摇晃晃地浮出水面。过不多久，这气泡又会因为两个人的分量而再次沉入水底吧。我要让它坚持久一些，慢慢地下沉……想到这里，良子的两边嘴角不由微微翘起。

“院长，你不冷吗？”

西出仍然俯视着湖面，轻轻地点了点头。

冰平线

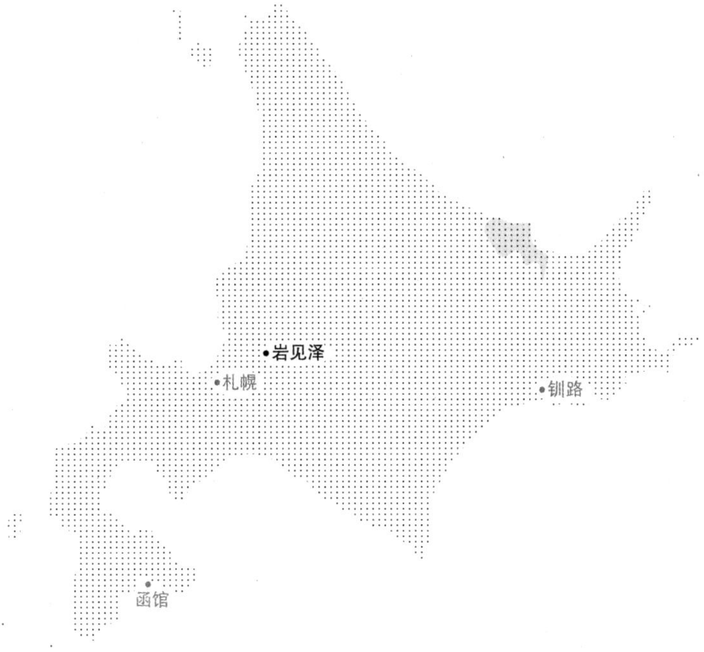

一块，两块……浮冰漂进了湾口。

“真的就停在这里吗？”

年轻的司机打下计程表，忐忑不安地问道。他的语气似乎是说：一个穿着高级西装的人应该不会来这种地方。

远野诚一郎目送着出租车的尾灯远去，然后他数了数村子里还亮着几家灯火。热闹的正月刚过，港湾就被笼罩在一片寒冬的寂静里。他的视线被嘴里呼出的白气遮挡住了。他用插在口袋里的双手把大衣前襟拢了拢，随即沿着结冰的公路往前走了一百多米，然后在通往海滩的阶梯前停住了。

借着沿路街灯的光和月光，他沿着结冰的水泥阶梯往下走。积雪微微泛光，照亮着被行人踩得很结实的路面。

那间小屋就建在面临鄂霍次克海、宽约一公里的湾口上，由黑色和灰色的白铁皮搭建而成，勉强能遮蔽风雨。

村里的其他房屋全都是四五栋靠在一起，只有这间白铁皮小屋孤零零地建在别处，像一块被冲上沙滩的贝壳。

十年来一点儿都没变。诚一郎在一月末冬夜的寒气里瑟瑟发抖，目不转睛地看着从窗口漏出的灯光。

这个面朝鄂霍次克海的低洼村落里，居住着大大小小的五十多户人家，绝大多数都是渔民和他们的家人。其中，自己拥有渔船的渔民还不到半数——他们都住在高处，隔着一条国道俯瞰村落。诚一郎站在离白铁皮小屋十米远的地方，心中回忆起关于这间小屋的往事。

诚一郎十岁的时候，这间小屋里住着一个老人。老人已经年过七旬，没法再出去打工挣钱了。冰雪融化的三月，一个穿着女学生制服的少女来到了这个小屋。少女瘦瘦小小的，长着一双大眼睛。

"我叫友江。"

她总是低着头，只有在说自己名字的时候才睁大眼睛。诚一郎还记得，那个老人带着少女到处向村里人介绍说："从今天开始，孙女过来跟我一起住。"据说少女正在读初中三年级，但人们从没见她上过学。开头几个月，村里人还偶尔会聊起他俩，但后来就再也没人提起了。

三年后，老人死了。之后，友江并没有离开村落。一年之中，诚一郎能见到她两三次，每次都是看见她提着购物袋，沿着海边走回小屋。

传闻说她靠卖身为生，客人是渔协的高官，甚至连商工会议所里的某某和某某也为了她争风吃醋。从诚一郎第一次见到友江算起的八年后，关于友江的传闻又一次传入他耳朵里时，他的感觉却已经和少年时代截然不同。这一年，友江二十三岁，诚一郎十八岁。

村里的少年，在十五岁时就要选择以后的人生道路——或是初中毕业就去当渔民，或是到招不满学生的偏僻高中继续上学。高中毕业后，如果能在渔协或村公所谋得一职，就要给亲戚朋友们送去酒和红豆糯米饭，以表庆贺。对于这些能摆脱当渔民的命运的人，有人羡慕其才干，也有人在背地里嘲笑他没有胆量，不敢把自己的性命交给一块船板。这里的渔民和工薪族常在一起热热闹闹地喝酒，但内心却互相较量着彼此的优越感。

诚一郎低着头恳求父亲让自己升学时，父亲一脚踢飞了烧酒瓶，对他说道：

“要是上东大的话就让你去。既然那么想读书，就去考个东大来看看呀。”

父亲平时不是醉得不省人事，就是发脾气殴打母亲，或是编造出一大堆谎话向亲戚借钱。记忆中的父亲，总是扭曲着被晒成赤铜色的脸，骂骂咧咧……村里人无论是出海捕鲑鱼、鳟鱼，还是去远洋，甚至在冰封时期乘船出海去，都不会叫上诚一郎的父亲同行。于是，他把被大家排斥的焦躁和愤怒，全都发泄到诚一郎和他母亲身上。

诚一郎总是趁父亲喝得烂醉、睡着了之后才起来复习功课。如果在父亲面前翻开课本，肯定又要被他找茬儿了。诚一郎知道，如果不想办法离开这渔村的话，就没有未来。于是他一心扑在书桌前，甚至有些身不由己。

新年刚过半个月，考试时间一天天临近了。夜里，诚一郎坐在用壁橱改造而成的书桌前。闷在这刚好够容纳一人的狭小空间里，一股苦涩酸胀的欲望油然而生。当身体被纠葛不清的厌恶感和欲望所缠绕时，他有意识地想起了父母的姿态。

每天夜晚，父亲都跨在瘦弱的母亲身上……看着这背影，诚一郎不知不觉间学会了自慰。完事后，母亲总会过来看看诚一郎睡着了没有。每当感觉到母亲来到床边时，他总是陷入一种无法形容的自我厌弃，但却只能装作睡着了的样子……想到这里，他的欲望便立刻枯萎了，意识又重新回到学习中。

刚松了一口气，父亲突然猛地拉开了壁橱门。一股酒气立刻充满了这狭小的空间。

“真是辛苦啊。唉，考不上东大，你就跟老子一样，当个渔民。不用着急嘛，又不怕找不到工作！”

父亲龇牙咧嘴，露出了猥琐的笑容。他的每一句话里，都隐藏着强烈的嫉妒心。诚一郎意识到这一点时，拳头已经不由自主地挥了出去。父亲一屁股摔倒在地，刚喝下去的酒“哇”地全吐了出来。母亲跑到他面前，见状不由大声惊叫。诚一郎这才回过神来。

“对不起，对不起啊。对不起……”

母亲到底在向谁道歉，诚一郎至今也没弄清楚。

诚一郎朝父亲瞥了一眼，披上件羽绒服外套就出了门。他穿过退潮的海滩，一直走到了五公里外的市区。他的外衣口袋里有一张五千日元纸币，可是书店和文具店早就关了门。他只得沿着来时的路慢慢往回走，尽管他无比痛恨那整天喝酒赌博的父亲。

在积雪的反光照亮下，他一路走回了湾口。这时，快到晚上十点了。他沿着水泥阶梯走下海滩。刚往前走没几步，就看见了友江的白铁皮小屋。那小屋子跟自己家没什么两样，一根扁担穿过去就能挑走似的。他平时路过时总是不太留意，现在却在小屋前停下了脚步。

他想起了那帮渔民曾在屋檐下一边修补渔网一边低声交谈：

“门口要是竖着白旗，就说明屋里来了客人。”

视线范围里并没有白旗。为了防风，窗户上贴着厚厚的塑料布。缝隙间露出了灯光。诚一郎远远地绕着小屋走了一圈，手中握紧了口袋里的五千日元。不知不觉间，他对父亲的愤怒渐渐消散，而本来已经压抑下去的欲望又开始膨胀起来。

该直接敲门吗？

船都被拉上了陆地。横在眼前的大海被岸边积雪的反光照得微微发亮。浮冰仿佛被寒气召唤而来，漂到了防波堤的附近。诚一郎呆站了一会儿，只觉得体温逐渐流失。他耳边响起了自己的声音：“如果碰上熟人就麻烦了。”与此同时，这个声音又在怂恿着他：“想近距离地看看友江的话，现在是唯一的机会了。”

他深呼吸了两次。零摄氏度以下的空气被直接吸进肺里，呛得胸口发痛。他屏住呼吸，等肺部暖和起来。这时，小屋的门慢慢打开了。

“是谁呀？”

诚一郎说不出话来。出现在他眼前的，是身穿开襟棉袄和牛仔裤、脚下蹬着木屐的友江。友江看见狼狈的诚一郎，便略微提高声音说道：

“你在门口转了好一会儿呢。外面冷，快进来喝杯茶吧。”

友江把诚一郎领进屋里，然后拿起竖在水泥地上的竹竿，插到门口旁边一个隆起的雪堆上。白色的手巾在黑暗中飘了起来。

“你是住在防波堤附近的远野家的孩子吧。听说你特别聪明，要去东京上大学呢。真厉害啊。”

友江把染成棕色的头发盘在脑后，然后把脱下来的棉袄叠好，放在地上。她身上穿着件粗拉拉的毛衣，领口还敞开着，看上去一点儿也不暖和。她跟当年穿着学生制服来到村里时已经判若两人，只有那双大眼睛还留有从前的印迹。

诚一郎希望友江问他为什么会来这里，但友江却什么都没问。他明明想不出什么借口，但还是为没有机会解释而感到遗憾。为了不让对方觉察，他偷偷地叹了一口气。

即便在灰暗的荧光灯下，友江的后颈也雪白得令人吃惊。上大学的事，她大概是从客人那里听来的吧。电视机一直开着。诚一郎看着电视画面——节目主持人正在宣传即将开始的长野冬奥会，但无论是肤浅的解说词，还是生硬的画面切换，都让人感觉到空虚而苍白……诚一郎的头脑很清醒，但腹部下方却绷得紧紧的。太尴尬了。可是，他越想抑制，欲望却变得越发坚挺，仿佛在嘲笑诚一郎似的。

屋里面积大约十多平方米，有两个房间，布局和诚一郎家一样。墙壁显得很灰暗，分不清是被煤烟熏黑的还是原本就这颜色。房间这头，只有一台电视机、一张矮桌和一个不知是哪个年代的旧碗柜。

友江站在厨房里翻找着茶叶。厨房很狭小，只有洗碗池和简易的煤气灶。屋子中间摆放着一个煤油暖炉，把空间分隔为厨房和客厅。暖炉旁边安装了一个利用烟囱热能的烧水壶。煮沸的热水不时发出沉闷的声响。

两三米宽的隔门打开着，房间里铺着一床被褥。诚一郎想尽量不往那边看，但又忍不住老往那边看。为了掩饰，他挺了挺脊背。

“谢谢你今天过来。在这里好好放松一下吧。”

友江面带微笑，把茶杯放在桌子上。诚一郎瞥见她胸前沟壑的一瞬间，便失去了回头的退路。母亲、亲戚、女同学……友江跟她们完全不一样。诚一郎在今夜见到友江之前，从来没有近距离地接触过散发着性感气息的女人。他拼命想从幻想中逃离，而欲望却一步一步逼近。

“真有点儿难为情。本来想让你喝点儿酒的，但你还没到二十岁吧。”

友江转头移开了视线。笔直的颈筋从她的脖子延伸到锁骨，在喉咙下方形成了一小块阴影。原本不足为奇的肌肤体态，却让诚一郎看得出了神。友江的嘴唇轻轻地张开着，不知是想说什么，还是正感到犹豫不决……这时，诚一郎感觉到一股灼热感穿过脊柱。紧接着，内裤就湿掉了。一种难以忍受的屈辱感传遍了全身。他微微地喘息着，无奈地低下了头。

友江很快就觉察到他的异样，于是轻轻地站起身，用木瓢从烧水壶里舀了些热水，倒进洗脸盆里。

“去里面的房间脱了吧。脱下来后放到这洗脸盆就行。对不起啊，是我没注意到。”

此时，诚一郎的心情是既想逃跑，又有些自暴自弃。他按照吩咐走进里面的房间，在被褥上脱下脏内裤，揉成一团，放在门槛边上。他无聊地坐着，听见友江搓洗衣物的声音。不一会儿，友江拿着拧干的热毛巾走了过来，仔细地给还保持着硬度的诚一郎擦拭身体。随着毛巾在下腹部轻轻游走，诚一郎的羞耻感逐渐消散。此刻，友江感觉就像是一个不再散发出性感气息的熟练的护士。

“很冷吧？”

友江轻声问道。在她的催促下，诚一郎钻进了被窝里，脱掉毛衣和衬衫。友江也脱掉衣服，溜到他的身旁。诚一郎触摸到了友江的肌肤。而此刻他所感受到的，却是恐惧。

友江用双手扶着他那笨拙地来回摆动的腰部。一切的思考都中断了。

尽情释放之后，他感觉到，自己的脑袋和身体仿佛只是躯壳，而里面的东西却完全消失了。

诚一郎接过用烟囱热能烘干的内裤，穿好衣服。他并没觉得丧失了什么。临走时，他犹豫着取出那张折成四折的五千日元纸币，递了过去。

“不够的话，我一定会补上的。”

友江恭恭敬敬地接过钱，说道：“够了。”

三月，“诚一郎考上东京大学教养学院文科一类”的消息传到了海边村镇一带。诚一郎家里收到了很多瓶贺酒，但在他去东京之前，这些酒就全被父亲喝光了。路费由高中的校长和班主任帮忙筹借，母亲又凑了十万日元给他。出发的前一夜，他偷偷从中抽出一万日元，再次前往友江的小屋。他把友江抱在怀里，听她诉说自己的身世——她所说的话，至今还萦绕在耳边。

友江第一次接客时，祖父还在世。有个客人上门，说是来探望病中的友江祖父。结果他根本就没看病人一眼，反而把友江的身体给蹂躏了。

“祖父还活着的时候，我收到大家给的礼金。祖父死后的一段时期，则收到了奠仪。”

友江一个人开始了以接客为生的日子。没过多久，她就听说原来第一次接客是祖父拉的皮条。从那以后，她就决定以积极开朗的心态出卖肉体。

“就算我可怜自己，又有什么用呢？谁都不愿意跟一个总是哭丧着脸的女人上床呀。”

友江的话听起来似乎不太真实，其实这倒是因为她没有说谎的缘故。十八岁的诚一郎，自然还不明白这一点。

诚一郎就读于法学部，毕业后进了财务省工作。读大学的这四年，家里当然没有给他寄生活费。为了生活，他做过家庭教师、建筑工人……只要不犯法的事，他全都做过。进入财务省后，他去国外留学了两年，之后又回到了东京。去年十二月初，职位比他高出三级的一位官员因为性骚扰行为而被撤职，随即发生了一系列人事变动。一个月前，上头决定：由诚一郎担任岩见泽税务署的署长。

当时，上司问他："这种寒冷时节，谁都不愿意去那种冰天雪地的地方。大家只是随口说：要是去札幌的话还另当别论。从东京又调回北海道去，这属于破例中的破例。你愿不愿意去呢？"

调令是一月四日发下来的。诚一郎没有拒绝上司的提议。"税务署长"这个职务能极大地满足他的虚荣心——故乡那些村民个个都知道税务署长是做什么的。而且，当初他选择进财务省工作也并非出于特别强烈的意愿。他很少跟父母联系，倒是经常向在校读书时的恩师和几个混得开的老同学汇报近况。这种不由自主的、幼稚的虚荣心，时常使他感到郁闷。

这十年来，他一次也没有回过父母家。他心想：只要住得远一些，彼此之间的血缘纽带就会逐渐变细、变薄弱的。如果在不知不觉间断掉的话，那就再好不过了。

诚一郎的视线从防波堤稍移向右方，父母家的灯光映入眼帘。他为自己没有产生丝毫怀旧之情而感到满意。

“好不容易回一趟北海道，出来聚一聚呀。老师也很想见见你哟。”

诚一郎赴任不久，就接到了小学时一直当班长的老同学的来电。这位老同学，高中毕业后就进了商工会议所工作。他原本是船主家的儿子，但因为性格太老实而被父亲嫌弃，最终没有继承家业。虽然生长于海边，他说起话来却特别温和——这或许也是一种反抗和扭曲吧。同学聚会经常都是由他组织的。

诚一郎坐上“鄂霍次克号”特快列车，摇晃了五个钟头，才回到故乡。虽然同在北海道，但却比去东京还远。

聚会会场设在市区一家新建的小酒馆。阔别十年的故乡和内陆的岩见泽相比，更靠近海边因而较少下雪，但风却寒冷得多。来参加聚会的十二个老同学，在见到突然露面的诚一郎后，似乎都对“税务署长”这一头衔更感兴趣。他们七嘴八舌地说道：“能不能让我们少缴点儿税呀？”“靠收税吃饭的税务署长，自己也需要缴税吗？”……这些玩笑话既有恭维，也有挖苦，当然诚一郎早就预料到了。而老同学们却并没发现，他们那低声下气的态度会让诚一郎感觉到心满意足。面对老同学，诚一郎脸上绽放出这几年训练而成的职业性笑容。

没过一个钟头，关于诚一郎的话题就聊完了。而那位打电话邀请他来的同学，虽然已略带醉意，但还是没有忘记自己班长的身份。他在诚一郎身边坐下，不时说一两句慰劳的话。在细长桌子的另一边，店员正在记录他们点了什么饮料。这位店员，穿着竖条纹工作服和牛仔裤，发髻上缠着一块印有小酒馆标志的花布。诚一郎的视线从她手上移到她的脸上。她记录完订单后，目光落在桌子对面的诚一郎脸上，瞬间又转移开了。——她就是友江。

诚一郎“啊”地张开嘴巴。友江却像并没留意到似的走出了包厢。有人小声地嘀咕道：“她就是住在湾口的友江吧。”

之后，友江一直都没有再出现了。酒余饭饱后，大家纷纷邀请诚一郎去家中做客，但诚一郎全都拒绝了。他随口说道：“我想顺便回一趟父母家。”他心里惦记着友江——她看起来比十年前瘦了些，棕色的头发变回了黑色，没化妆的脸上挂着微笑。

“说不定她已经嫁人了，那样也好。”诚一郎一边想着，一边拦下一辆出租车……

白铁皮小屋这十年来一点儿都没变。被海潮打湿而朦胧不清的塑料布里透出灯光。诚一郎打定主意：如果是别人来开门的话，自己就假装喝醉酒走错门的样子。

诚一郎敲门后，友江呆呆地站在门口。十年之后，站在门口微笑的却是诚一郎。

“是阿诚吗？”

诚一郎点点头。友江看看外面没有其他人，就迅速地把他领进屋里，让他脱掉大衣，来到客厅。十年前摆放在屋子中间的暖炉，现在变成了挂在墙壁上的强制排气式暖炉。暖炉移走后的空位上，放了一张电暖桌。电暖桌上放着手机和布制手提包。从前铺在房间里面的那床被褥，现在已经折叠成一小块，靠在墙边。友江身上穿着白色摇粒绒羽绒外套和牛仔裤。扎在头上的发髻已经解开来，发梢在肩上轻轻地摆动。

“要喝啤酒还是清酒？”

“我不会喝酒呀。”

“那我去沏茶。”

茶端上来了。诚一郎用冰冷的双手捧着茶杯，一饮而尽。这茶没什么味道，只是带有颜色的开水而已。窗外传来浮冰碰撞的声音。地底下的动静顺着海水和沙滩传到了人的身体内。一听到这种声音，就知道海岸线的气温正迅速下降。现在只是零下五度左右，一旦浮冰靠岸的话，到凌晨时就会下降十来度。到时，海面将变成一片冰原，而沿海村镇也会随之变成巨大的冰库。

友江笑着说道：

“刚才我听小酒馆的老板说，你当上了岩见泽的税务署长呢。工作应该很忙吧？”

“主要是跟当地部门联系吧。经常把村镇里的头头召集起来，说些大话。我其实就是一块广告牌而已。”

副署长以下的职员都比他年长，所以即使诚一郎不在，也能应付基层的工作。而在基层与署长室之间，又设置了几名管理人员——他们的任务，是保证诚一郎调回东京前的履历不留下污点。在欢迎诚一郎赴任的宴席上，总务科长曾借着酒意向副署长打听道：“他回家还得忙着看小孩吧？”

友江把电暖桌上的杂物放到地上，然后在桌旁端端正正地坐下来，说道：

“在那样的大庭广众下，可千万不要提我哟，也不要跟人说认识我。”

听了这句忠告，诚一郎却只是呷了一口茶，岔开了话题：

“我以为你已经嫁人了呢。刚才还打算说：如果是别人来开门，我就假装喝醉酒走错门，然后赶紧逃跑。”

友江大声笑起来。笑完之后，她小声说道：“看见你有出息了，我真感到高兴。”诚一郎也忍不住笑了起来。当他知道友江还是自己一个人时，堵在心头的疙瘩总算落下去了。

“你就靠给小酒馆打零工来维持生活吗？”

听了诚一郎的问题，友江把视线移到桌上，随即低着头微笑。看起来似乎笑得有些羞涩。就算不富裕，哪怕是手里攒了点儿钱，这笑容也应该带有几分卑屈感吧。而她的微笑却显得那样无忧无虑，甚至令诚一郎感到别扭。

“怎么可能。不过也不用担心，我认识很多熟客嘛。最近，有些客人上门来，也只是聊聊天，什么都没做就走了。身体很轻松。其实，他们反倒比我腼腆多了。”

或许，是这笑容维系着最后一丝自尊了。诚一郎点了点头：“嗯。”忽然，友江一本正经地说道：

“我说这些话，并不是让你非得跟我上床哟。你也不用给我钱。既然不做，就不能收你任何东西。”

诚一郎站起身来，走进房里，动作粗暴地把叠好放在墙边的被褥铺在地上。友江在背后喊他名字。他顾自脱下西装，扔在被褥旁边。友江慌忙捡起来，挂在门楣的衣架上。诚一郎继续脱掉长裤，解下领带，脱掉白衬衫，只剩下衬衣和短裤，仰面朝天地躺在被褥上。这时，跟十年前一模一样的光景映入眼里——被煤烟熏得黑乎乎的天花板上悬挂着一盏带灯罩的灯泡。被褥冷冰冰的。一种刺痒的冲动涌了上来。他闭上了眼睛。

友江坐在诚一郎的下腹部，诚一郎双手抱着她那纤细的腰……

他一边沉浸在快乐中，一边闭上眼睛，说道：

“这样很舒服，就这样别动吧。”

友江把脸颊贴在诚一郎的肩膀上，发出轻快的呼吸声。绷紧的身体立刻松弛下来。即使没到高潮，也已经满足了。诚一郎一边喘气，一边用嘶哑的声音说道：

“我们离开这里吧。”

友江摇摇头，不太情愿。诚一郎把她的头拉过来……快乐过后，诚一郎的意识却十分清醒。他对自己刚才说出口的话既感到惊讶，又觉得理所当然。

小睡了几个钟头之后，诚一郎起来，一边穿衣服，一边熄灭了暖炉。穿着内衣的友江跑到他跟前。诚一郎笑了。他知道自己在干一件蠢事。然而，无论会被别人怎么说，他都不愿把友江扔下，自己一个人回去。想到自己终于得到了曾经想要的东西，他的内心逐渐被一种满足感所占据。他似乎听到有个声音在催促自己：尽早离开湾口。

诚一郎看了看手表，寻思着：如果打出租车的话，现在出发就能赶得上六点半始发的那趟列车。友江按诚一郎的吩咐，把几件换洗衣服和一点儿钱塞进包里，然后几乎是被诚一郎半拖半抱着出了门，走向还处于一片昏暗中的国道。

两人走到停有出租车的小站，停下脚步，不约而同地回头望向大海。虽然天还没亮，但天空已经呈现出和深夜不一样的颜色。等待太阳从海面升起时，天空渐渐发白，一片宁静。湾口有半边都填满了浮冰。诚一郎把脸上消失了笑容的友江推进出租车里，对司机说："去火车站。"年老的司机只是应了一声，并没有多问。他小心翼翼地打着方向盘，沿着结冰的路面向火车站驶去。诚一郎语气坚定地说了一句："没事的。"仿佛是说给自己听。

近年，浮冰不靠岸的年份逐渐多了起来。每年冬天来临时，报纸上就会出现关于"全球变暖"的大标题。但今年的鄂霍次克海却不一样。据新闻报道，几天前还是冰块漂浮的海面，今天终于变成了白茫茫的雪原。报道结尾处说："期待着浮冰观光时期的到来。"还附上了几张照片。照片焦点落在雪原上的白尾海雕上，天空和大海的分界线一片朦胧。

若说对新开始的生活没有丝毫不安，那肯定是假话。从署长宿舍的窗口向外望去，只能看到雪。雪从早到晚下个不停，积雪很快就堆起来，每天必须要清扫三次。有时，从日本海沿岸的石狩湾和太平洋沿岸的苫小牧这两个方向吹来的风碰撞到一起，使大颗粒的雪片像龙卷风一样飞舞。只要看见这光景，就会相信"有人在自家门前遇难"这种可怕的笑话也许确有其事。

友江打电话给小酒馆的老板时，只是说临时去乡下帮亲戚做事。这样的理由，估计老板不会相信。但诚一郎又不肯让她回去。友江心想：等再过一两个月，春天到来时，这里的生活应该会变得愉快一些吧。

晚上扫过雪后，诚一郎走进屋里，见没化妆的友江正站在厨房，就从身后抱住她的腰。友江轻轻地扭动身体，逗引着诚一郎。两人都没有说话，默默地互相嬉戏。但即便在此时，仍能感受到友江散发出来的孤独感。

把友江从湾口强行带回来后，大约过了一星期。这天早晨，在署长室开完碰头会，平时会马上离开的副署长慢慢地走到窗边，对诚一郎说道：

“宿舍还住得舒服吧？有什么不满意的地方吗？”

这位副署长一向做事周到，但在他那稍微发胖、温文尔雅的笑容背后，往往进行着各种精打细算。

“挺好的。地方够大，又暖和。”

“确实，一个人住是挺大的，不过也会觉得有点寂寞吧。”

句末尾音稍稍拖长了些。诚一郎断定：他已经知道了友江的事。不过知道也无所谓。如果旁人觉得不妥的话，大不了就和友江去登记嘛。不必犹豫，也不必隐瞒。然而，在他那毫不动摇的内心角落里，却隐隐感觉到脚下似乎有些摇晃不定。眼下，自己右手握着稳定的工作和收入，而左手则握着同样危险的东西。

当天中午，午休时间开始的五分钟前，东京总部的上司打来了电话。

“外面听到挺多风言风语的。不过，有我给你兜着呢。”

电话开头，上司说想趁冬季去北海道旅游。这位总部的上司比副署长年轻得多，但却很善于观察人。不知道他是从谁那里得到消息的，不过，看样子应该已经把事情给压下去了。诚一郎向上司道谢后，便挂了电话。

当晚，隔着摆有烤鱼、炖肉、沙拉的饭桌，两人相对而坐。诚一郎端端正正地坐着，似乎与平时不太一样。正要递上筷子的友江觉察到了，便停下手。诚一郎一边祈祷友江能明白自己的心意，一边慢慢地开口说道：

"我们结婚吧。"

他本来觉得有这一句就够了，但忽然又有些后悔，觉得应该多劝说几句。因为对方是友江，所以先说什么，后说什么更不能弄错。他焦躁得扭动起身体，眼睛却冷静地注视着友江的表情。

友江的脸上又重新流露出原来在湾口时的笑容。在明亮的灯光下，她的笑容看起来就像在哭泣。她稍微低下头，微笑着。——无法形容的拒绝的微笑，诚一郎还是头一次看见。他接过筷子。友江做的菜味道一向比较重，但今晚无论吃什么都感觉寡淡无味。

"我也没说现在马上去。等回东京之后也可以。"

直到友江收拾好厨房和浴室，钻进被窝里时，诚一郎才好不容易说出了这句话。他耐心地等待着，但终于还是没有等到期待中的回答。他偎依着友江那温暖的身体，慢慢地睡去。

第二天，诚一郎把沉默寡言的友江留在宿舍里，自己上班去了。办公地点很近，步行不用一分钟就到了。比起在东京的生活似乎方便得多，但距离太近又让人觉得有些拘束。每次回到宿舍打开灯时，都有一种被正在加班的人监视的感觉。刚来赴任的时候，下属们想和诚一郎套近乎，经常拉他出去喝酒。但后来大家发现，诚一郎并不如想象中那样思念故乡，而且又不会喝酒，于是渐渐地都消停下来，就像海水退潮一样……

诚一郎刚走进署长室，坐下时，手机响了。

“喂，诚一郎，不好意思，上班时间打给你。现在方便讲电话吗？”

打来电话的，就是上次邀请他参加同学聚会的船主家的儿子。

“你最近回过父母家吗？”

诚一郎稍犹豫了一下，回答道：“没有。”

“你父亲现在在做什么，你可能还不知道吧？”

老同学压低嗓门，几乎是在耳语：

“他打着‘税务顾问’的幌子，骗走了很多商铺老板的钱。具体我也不太清楚。很多人一听说他是税务署长的父亲，就信以为真。他还去找我父亲呢。我父亲把他大骂了一顿。他说什么‘等着瞧吧’就走掉了。”

这电话是算准自己刚到办公室就打过来的。看来，不光父亲骗钱之事，就连友江的事，估计这位老同学也知道了吧。

“‘税务顾问’是干什么的？”

“听说是教人家怎么逃税的吧。”

诚一郎说不出话来，只是呆呆地把手机贴在耳朵上。

“总之，你还是联系一下你父亲吧，在事情闹大之前。”

挂掉电话后，诚一郎仍然举着手机，嘀咕道：“在事情闹大之前……”他心情平静下来了，全身的血却往头上涌。想了好一会儿，他才回忆起父亲的面孔是什么样的。

自从离开湾口之后，诚一郎就再也没有回过父母家。这就是他对父母的真实情感。他再也不想和父母有任何瓜葛，甚至暗暗决定：下一次见面，应该是父亲或母亲化为尸骨的时候了吧。见面的话，只会更增加自己的痛恨之情：为什么他们要把我生下来呢？他们强调彼此的血缘关系，摆出一副以恩人自居的样子，这都可以忍受。让诚一郎觉得更恐惧的是，自己突然意识到自己和父母的关系。

赴任期间尽量不出什么乱子，然后顺利地调回东京——这样的计划眼看着就要落空了。不知道父亲骗了多少人的钱。诚一郎也懒得去估计人数了。原先就知道："自己右手握着稳定的工作和收入，而左手则握着同样危险的东西。"而此刻，"左右手"已经开始失去平衡。

如那位老同学所说，事情已经开始"闹大"了。消息恐怕已经传遍全城。不久就会有人皱着眉头给东京总部打电话。事实真相如何，自然会得出结论。诚一郎长叹了一口气，望向窗外。阴云密布的天空中，飘落着看似沉甸甸的雪。现在是早晨时间，但家家户户的窗口都亮着灯。冬天的屋里总是很昏暗，用友江的话来说，就是"一整天都跟傍晚似的"。

看着眼前的一片雪景，不知不觉间，诚一郎竟然幻想成了鄂霍次克海上的雪原。漂浮在海面上的冰块，时而让人想象到海上的小岛。海面的姿态每天都有变化，有时更是变成一大片雪原。不过，在那底下却是一成不变的大海。诚一郎仿佛看见了小时候所看见的大海。无论冬夏，海面都那么宽阔平坦，看不见尽头……诚一郎眺望着白茫茫的一片雪景。

当晚，诚一郎在办公室往父母家打了个电话。听到诚一郎的声音时，母亲沉默了几秒，然后像洪水决堤似的不停地说道：

“诚一郎，对不起，对不起啊。”

这时，电话那头似乎有人把话筒抢了过去，接着传来父亲气势汹汹的声音：

“你这小子，想说什么的话就回来这里说呀。你知道是谁把你拉扯大的吗？辛辛苦苦把你供到上大学，现在却连声问候都没有，这不是明摆着欺负我吗？”

等父亲的怒吼声稍停下来时，诚一郎便让他立刻把巧立名目骗来的钱还回去。

“没钱哟。”

父亲用嘲弄似的语气说道。

诚一郎的语气也强硬起来：

“没有也得还！”

“看看你，被一个像公厕一样的女人迷得团团转，还好意思对我指手画脚！”

电话被挂断了。诚一郎感觉到一股杀气默默地涌上心头。

半夜，诚一郎一边游走于友江口中，一边把从老同学那里听到的消息一点点、一点点地告诉了友江，但他没说自己给父亲打电话的事。话说出口后，他又有些后悔：倒不如什么都不说，只管逃避于快乐之中。友江的嘴唇里犹如母胎似的，无论嘟囔些什么，都立刻化为泡沫，被溶化掉。

诚一郎轻轻地把友江按倒。友江任头发披散在枕边，直勾勾地仰望着诚一郎。诚一郎用力抓住她，她皱着眉头，露出痛苦的表情。诚一郎长驱直入，她忍不住发出了细弱的呻吟声。在其激发下，诚一郎直视着对方，来来回回地摇动身体——就像从前父亲对母亲做的一样。

诚一郎被没有止境的欲望驱动着。仿佛正爬上一座高得看不见顶端的山峰，他沿着没有尽头的陡峭坡道全速奔跑。还不满足。还不满足。友江的双腿已经失去力气，任凭诚一郎用双臂抱着，轻轻地摇晃。

第二天，诚一郎下班回到宿舍时，友江已经不见了。屋里像往常一样亮着灯，只是少了友江。也没有留字条。饭桌上摆着两盘已经凉了但貌似还能吃的菜，还有一个倒扣着的碗。

诚一郎打开电视机。天气预报员指着天气图说道：

“这是今年最冷的一次寒流。接下来一个星期，北海道东部、鄂霍次克海沿岸将会持续寒冷。”

受这股一月末到二月的寒流影响，如果海面浮冰不动的话，那简直就跟冰库一样。诚一郎有些犹豫，不知道是否应该马上前往湾口。他想象着友江在冰冷的小屋里一动不动地等待着自己的姿态。但同时他又知道，这是不可能的。——如果她是这种工于心计的女人的话，那肯定会留张字条，吸引自己的注意。现在，即使自己前去找她，也会被她那笑容击退，一个人灰溜溜地回来。诚一郎犹豫了两天。

第三天凌晨，诚一郎觉得必须要马上去湾口，就从床上爬起来。凌晨五点，窗外还和夜晚一样，笼罩在一片黑暗中。为署长宿舍专门配备的电话响了起来。

“您父母家发生火灾了。我们发现了两具遗体。”

诚一郎既没有感觉到悲伤，也没有同情。他并没有特别焦急，而是平静地换上长裤和毛衣，确认过列车时刻后，就离开了宿舍。在去往火车站途中，他用手机给副署长打了个电话。从半夜下到凌晨的雪已经积得很高，膝盖以下部分都深陷进去。

“一大早就打电话给你，不好意思。我父母家发生火灾了。我现在正赶回去。有什么事的话，请打我的手机。”

“你父母没事吧？”

“可能都死了。”

电话那头，副署长倒吸了一口冷气。

“我了解情况后，再联系你。”

诚一郎简单地道了歉，然后挂掉电话。他知道：如果父母其中一方还活着的话，自己恐怕就没有这么快行动吧。当他听说“发现了两具遗体”时，显然松了一口气。正因为放下心来，所以才能这么无忧无虑地前往湾口。他踩着沉重而湿润的积雪，想起了踩在故乡的细雪上发出的“咯吱”“咯吱”声响。

火灾后的废墟已经被印着“禁止入内”的塑料带围了起来。大火向四周蔓延，旁边相邻的三间房屋也被烧得面目全非。无家可归的邻居家的老夫妇不知去哪里了。大火显然是从诚一郎父母家烧起来的。塑料、油、腐烂的木头等全都被烧熔了，散发出刺鼻的臭味。诚一郎刚刚确认过的两具遗体也明显散发出动物尸体焚烧的臭味。确认程序很简单，诚一郎点点头就算完事了。

“目前暂时按非自然死亡进行处理。”

至少要过几天后，警方才能将尸体交还给遗属。于是，诚一郎提出申请，让他们到时把尸体从负责解剖的旭川医大运到岩见泽。主管的警官见诚一郎说话态度如此冷漠，反而对他感到更加同情。

阳光照在废墟上。靠岸的浮冰反射的光十分炫目，照得人睁不开眼睛。今天是个空气清爽的晴天。然而，要感觉到悲伤，似乎还差点儿什么。村里的干事——船主的妻子跑到他跟前。

“好不容易盼到阿诚混出名堂来，没想到却……你父亲虽然是个粗人，又爱喝酒，但其实人还是不错的。父母不在了，你可得好好活下去呀。你这么有出息，也算是孝顺了一回父母啦。”

说完，她就号啕大哭了好一会儿。诚一郎慢慢地低下头。

等这位村干事走后，诚一郎看看周围没人，就往国道那边走去。黑色外套吸收了阳光热量，暖烘烘的。他抬头仰望着没有一丝云彩的天空。今晚也会变得很冷吧。

看见诚一郎擅自走进屋里来时，友江并没有丝毫惊慌。她比在岩见泽署长宿舍时多穿了些，显得有些臃肿。

她没有化妆，脸色苍白，但眼睛里却像含着冰似的闪闪发亮。在不向阳且光线昏暗的小屋里，友江正把脚伸进被炉里，坐着一动不动。她抬头看着诚一郎，脸上露出了微笑。诚一郎心想：只有回到湾口，她才会笑得这么开朗。

诚一郎环顾屋里。打开着的电视机正放着重播的电视剧；小小的厨房灶台上，倒扣着洗过的碗；厨房角落里扔着苹果皮；摆满廉价化妆品的杂物柜上，放着被手机链缠绕着的手机；房间里是折叠好的被褥……所有的这一切，都是友江在诚一郎抛弃这片土地后的十年间努力活着的证据。上一次，诚一郎同学聚会后过来探访友江时，并没留意到昏暗的屋里有这么多东西。

诚一郎心中祈求着友江能自己提起湾口对岸的那场火灾。在似乎永无尽头的沉默中，友江开口了：

“坐下吧。我求你了。”

诚一郎绝望地看着她那双清澈的眼睛，不由感到一阵悲伤。这种悲伤，比他看见烧焦的父母遗体时更加真切。他弯下膝盖，随便往地上一坐。友江稍微向右侧着纤细的脖子，凝视着诚一郎的脸。她的目光依然清澈，但眉头却紧锁着。

“为什么？”

诚一郎好不容易才说出这么一句话来。为什么？为什么？他的心底波纹骤起，就像被扔进小石头的水面似的。

“为什么？”

友江反问道。句尾的声调稍稍上扬。

诚一郎心底又漾起了新的波纹。它们互相重叠交错着，向彼此的波心逼近。

“你果然觉得是我干的呀。”

“友江，你只要说一句不是你干的，我就相信你。”

诚一郎咬紧牙关。牙齿“咯吱”作响，似乎随时会被咬碎。

“要是我不说，你就不肯相信我咯。”

友江语调平静地说着，随即叹了一口气。从她的话里似乎感觉不到悲伤。地板下方传来浮冰的振动。房梁“嘎吱”作响，听起来很像女人的凄惨叫声。

“一起回去吧。”

诚一郎说道。友江慢慢地摇了摇头。在说话当儿，诚一郎心里忽然涌起了对友江身体的渴望。他盘腿坐着，猛地把友江拉了过来，胳膊绕到她背后，手伸进她那厚厚的毛衣里。当冰冷的手贴到她身上时，她浑身颤抖了一下。诚一郎用双臂抱紧她那纤细的身体。她轻轻地抬起腰。从她的后颈发际，飘散出一股类似于肥厚的花瓣的香味。

诚一郎的舌头伸进友江嘴里，探寻着她的舌头。紧接着，他把她推倒，性急地进入了她的身体。友江的视线从诚一郎肩上扫过，落在天花板上。诚一郎用力地摆动腰部。友江露出痛苦的表情，说道：

“我不走。我在这里等你，就像从前一样。”

从半夜开始下的雪已经积了三十厘米厚。诚一郎把两具遗体火化之后，带着骨灰盒回到了岩见泽的署长宿舍。

他把放在餐桌上两个骨灰盒紧紧地贴在一起。这两个大小一样、花纹一样的骨灰盒，看上去似乎本来就是同一个东西。诚一郎有生以来第一次为父母流下了眼泪。

“这两具遗体确实是你父母，没有错。不过，死亡原因却不一样：男的是因为被刺中腹部和胸部、失血过多而死；女的是被烧死的。在女性尸体旁边，发现了一把刀刃折断的三用菜刀——这应该就是凶器。”

警官还说，案件材料将送交检察院，但可能会因为嫌疑人死亡而作不起诉处理。汇报完后，警官还表示了同情。没有举行葬礼。在火葬场捡拾遗骨的，只有诚一郎孤零零的一个人。旁边有个五十五岁左右的工作人员看不过眼，见诚一郎捡起遗骨，就用筷子帮忙接着。捡完后，他一边扒拉着剩下的灰，一边说道：

“人一死去，就变成佛啦。生前的事，你就全忘了吧。”

诚一郎回想起警官向他汇报时的表情。“那具女性尸体在死亡前刚发生过性关系。”警官说这句话时，脸色略有变化——他想看看案发当事人的儿子有什么反应。这种心理其实也很正常。谁又能抑制住自己那和同情心一样旺盛的好奇心呢？反正事不关己嘛。

“强迫自杀。”诚一郎自言自语地嘀咕着，声音低得听不见。他脑海中清晰地浮现出母亲用菜刀刺进父亲胸口和腹部的情景……这是自己小时候无数次想过要做的事情。但一直以来，自己只是把这个活着的人当作不存在——这和实际杀掉他又有什么区别呢？诚一郎感到心里一阵疼痛，不由用双手捂住胸口。随后，他站起身来，重新披上大衣。走出客厅时，他忽然转过身来，向两个骨灰盒双手合十地拜了拜。

外面，太阳已经落山了。细雪从乌云飘落下来，在街灯的照射下闪耀着橙色的光。在“鄂霍次克号”特快列车里，诚一郎每次想到不知如何向友江道歉，就会从座位上支起身来。长达五个钟头的路途中，他一直劝说自己：总之，必须先上门去道个歉。“友江为我放火烧掉了我父母家——这只不过是我自作多情的想象而已。”列车快爬上山岭时，速度突然慢了下来。诚一郎目不转睛地看着车窗上映出的自己的脸。车厢内设定了恒温，从车窗玻璃上的结露可以看出外面气温骤降。不久，列车翻过了大雪山。

到达湾口时，已经是大半夜。诚一郎站在通往海滩的阶梯前，眺望着从友江的小屋发出的灯光。他把冻僵的手插进大衣口袋里。耳朵冷得感觉不到疼痛。头顶上，冬天的星座正缓缓地移动——速度很慢，要长时间凝望才能看出来，但确实是正在往山边方向移动。星星在地球的另一端缓缓移动，然后，明天夜晚又再回到这里。相反，仰望天空而觉得自己所站位置在动，这种感觉也许是不正常的吧。在洋面浮冰的碰撞下，湾口的浮冰发出了响声。

天空中，还差两三天就圆满的椭圆形月亮散发着清辉。月光下，互相挤压的浮冰把大海变成了一片雪原。诚一郎连续深呼吸了好几次。直到腹中变冷、吐不出白气来时，他才终于鼓足勇气去敲小屋的门。

“很冷吧。”

友江声音清脆地说着，把诚一郎请进屋里。接下来，在沏茶的几分钟时间里，屋里陷入了沉默。也没有电视机声响或其他声音。友江一只手端着茶壶，坐下来，往放在被炉上的茶杯里倒茶。诚一郎接过茶，一口气喝了下去。茶的气味和颜色都很新鲜。

“我是来道歉的。”

诚一郎说道。友江默不作声地微笑着。

“对不起，请你原谅我。”诚一郎好不容易才从喉咙里挤出这么一句。他只能想到这种千篇一律的话。他不敢正视友江的脸。两人相对无言，就这样过了几分钟。这时，友江忽然轻轻地站起身来。诚一郎战战兢兢地抬头看着友江——他从来没有见过她笑得如此温柔。友江披上挂在房间里的款式过时的浅褐色长外套，然后拿起一条毛线织的长围巾，从头到脖子裹得严严实实的。

“阿诚，我们去散步吧。”

诚一郎也不由地站起身来。

“你只穿这么一件大衣的话，会冻坏的哟。”

友江不知从哪里拿出一条白色的毛线围巾，围在诚一郎的脖子上。一股刺鼻的霉味扑面而来。诚一郎问：“去哪里散步？”友江没回答，只是催促说：“走吧。”诚一郎只得听从她的吩咐，穿上短皮靴。友江则在一旁穿上绗缝花样的防寒皮靴。

两人一走出屋外，就不约而同地仰望天空。月亮仿佛像一个大窟窿。两人就那么看了好一会儿。白铁皮小屋的五十米外就是海岸——说是海岸，但却被靠岸的浮冰紧紧覆盖着，分不清哪里是海。

诚一郎心想：也许自己也像这浮冰一样，漂来漂去，终将离开友江的身边……他闭上眼睛，为冰冷的眼珠保暖。他的心情十分平静。

友江走在雪地里，发出“咯吱”“咯吱”的响声。脚踩在新雪上，裤腿陷进去大约五厘米。诚一郎也紧跟在她身后一步远的地方，一脚一脚地向前走去。走了一会儿，鞋底踩在雪上的感觉变了——发出硬邦邦的声音，而且脚下很难走，稍不注意的话就会被绊倒。好像已经来到浮冰上了。浮冰下面就是大海。友江没有回头，向前继续走去。诚一郎把散发着霉味的围巾往上拉，遮住鼻子。不这么做的话，就连肺部也会被冻僵的。

右边岸上，能看见围在火灾废墟外的黄色塑料带。友江一直凝视着洋面，向前走着。椭圆形的月亮散发着清辉，照在两个人的后背上。雪原上拖着两条长长的影子。诚一郎和友江并肩走着，身体紧紧地挨在一起。不一会儿，两人已经穿过短短的防波堤，来到了外海。脚下的浮冰并没有晃动的迹象。在月光下，遥远洋面的冰平线清晰地浮现出来。

“一呼吸的话，胸口都像要冻僵似的。”

友江的脸颊旁边呼出一团白气，随即又消失了。气温恐怕已经跌到摄氏零下十五度以下。诚一郎感觉额角冻得隐隐作痛。他把围巾扯到下巴下面，然后把友江拉过来，亲吻她。嘴唇一分开，感觉连舌头也快冻僵了。

友江的脸颊被月光照得十分苍白。她松弛下来，露出了微笑。诚一郎抬起头，假装看月亮，心中暗暗测算着离开岸边的距离——已经走出外海二百多米了。友江却仍没有要回去的意思。现在，可以问她为什么要出来散步了吧？诚一郎按捺住不安的心情，问道：

“还要继续往前走吗？”

友江点点头，并没有放慢脚步。诚一郎说道：

“对不起。”

“嗯。”

“回去吧。”

友江没有回答。诚一郎想轻轻地抓住她的手。友江却躲开了，继续往前走。诚一郎只得在她身后一步远的地方紧紧地跟上去。

突然，友江停下了脚步。前面三步远的地方，有个直径约两米的漆黑的冰窟窿。冰窟窿呈椭圆形，跟今晚月亮的形状一模一样。

“嗯……”友江的嘴边呼出白气，“是我放的火。”

诚一郎顿时忘记了气温寒冷，深深地吸了一口气。胸口隐隐作痛。友江向冰窟窿边缘迈出一步。诚一郎一点儿一点儿地向前移动脚尖。

“不知道你父亲到底骗了谁的钱。我接待过很多客人，所以这么考虑：如果我搬出其中某某的大名来，说不定你父亲就会收手不干吧。我真傻。”

白气随着她的自言自语而袅袅升起，随即又在空中被吸收，消失了。

“当我去到你父母家时，你父亲已经死了。你母亲没死成，但已经神经错乱，把我当成是你了。”

够了。诚一郎想让她别再往下说，但下颚却僵住了，张不开口。友江转过身来，面对着诚一郎：

“你母亲说：‘对不起。如果我不这样做的话，就没办法保护你。现在没事啦，你可以安心工作了。’她又哭着哀求说：‘你一定要离开那个公厕女啊！’然后，我就浇上煤油，对她说：‘妈妈，你也可以安息了。’”

友江向后退去。

“友江！”

诚一郎向前迈出一步。

“如果我没想过要离开这里就好了……”

友江的身体从眼前消失了。刹那间，诚一郎对一切声音和寒冷失去了感觉。他站在浮冰上，仿佛一开始就是自己一个人来到这里。在形同月亮的冰窟窿前，他慢慢地弯下膝盖，呆坐在地上。等了很久，也不见友江的身体浮上来。

“友江——”

浮冰发出瘆人的回响声，直渗入体内。

椭圆形的月亮。

冰窟窿的前方，横躺着一条冰平线。

（完）

樱木紫乃

桜木 紫乃 Sakuragi Shino

1965年4月19日出生于北海道钏路市

高中毕业后曾做过法庭打字员的工作

24岁结婚，后成为家庭主妇，并从事写作

婚后随家人在钏路、网走、留萌及江别等地迁徙，遍及北海道各地

2002年以《雪虫》获得第82届“All读物推理小说新人奖”

2007年，凭借《终止》（日文原书名为《氷平線》）正式登上日本文坛

2013年以《皇家旅馆》获得直木奖

樱木紫乃喜欢将故乡北海道作为作品的舞台

创作时总是“首先意识到景色，然后将人的轮廓写进作品”，“只写身边看得见的五米距离内的世界”

终止

〔日〕樱木紫乃 著　黄悦生 译

产品经理｜曹卓彧
黄甜橙
装帧设计｜刘泊延
产品监制｜黄　钟
特约印制｜路军飞
技术编辑｜白咏明
出 品 人｜吴　畏

图书在版编目（CIP）数据

终止 / (日) 樱木紫乃著；黄悦生译. -- 天津：天津人民出版社, 2019.6
ISBN 978-7-201-14757-4

Ⅰ. ①终… Ⅱ. ①樱… ②黄… Ⅲ. ①短篇小说—小说集—日本—现代 Ⅳ. ①I313.45

中国版本图书馆CIP数据核字（2019）第100528号

图字02-2018-147

终止

ZHONG ZHI

出　　版　天津人民出版社
出 版 人　刘　庆
地　　址　天津市和平区西康路35号康岳大厦
邮政编码　300051
邮购电话　022-23332469
网　　址　http://www.tjrmcbs.com
电子信箱　tjrmcbs@126.com

责任编辑　张　璐
产品经理　曹卓彧　黄甜橙
特约编辑　康嘉瑄
装帧设计　刘泊延

制版印刷　天津旭丰源印刷有限公司
经　　销　新华书店
发　　行　果麦文化传媒股份有限公司
开　　本　880×1230毫米　1/32
印　　张　7.75
印　　数　1-9,000
字　　数　123千字
版次印次　2019年6月第1版　2019年6月第1次印刷
定　　价　39.80 元